WARUM DIESER KRIEG?

ANDREAS DEGKWITZ

WARUM DIESER KRIEG?

Bibliografische Information der Deutschen Nationalbibliothek:
Die Deutsche Nationalbibliothek verzeichnet diese Publikation in
der Deutschen Nationalbibliografie; detaillierte bibliografische Daten
sind im Internet über dnb.d-nb.de abrufbar.

*Die automatisierte Analyse des Werkes, um daraus Informationen
insbesondere über Muster, Trends und Korrelationen gemäß §44b UrhG
(»Text und Data Mining«) zu gewinnen, ist untersagt.*

Lektorin: Barbara Herrmann
Satz, Herstellung und Verlag: BoD – Books on Demand, Norderstedt

ISBN: 978-3-7583-1274-8

PROLOG

Warum dieser Krieg? Zu Recht wird diese Frage oft gestellt. Lässt sich diese Frage überzeugend beantworten? Nein, das ist nicht möglich. Denn sich gegenseitig ums Leben zu bringen, führt allein zu Tod und Verderben und überzeugt schon deshalb nicht. Von daher darf Krieg niemals die einzige Lösung schwieriger Konflikte sein und ist es in der Tat auch nicht. Denn es gibt immer Lösungen, die tragfähig sind, ohne Menschenleben zu kosten wie im Krieg. Kriege finden nicht immer nur zwischen Ländern, Nationen und Völkern statt. Es gibt Aufstände, die kriegerisch sind, Bandenkriege, Bürgerkriege, Familienkriege u.a. Sind Terrorangriffe, wie sie die Familie Semmering mit Bombenanschlägen, Entführungen, Morden erlebt hat, auch Kriege? Auch wenn wir dergleichen nicht immer als Krieg bezeichnen, handelt es sich dabei doch auch um Krieg mit den bekannten Folgen. Zugleich zeigt das Schicksal der Familie Semmering die Schwierigkeit, einerseits Lösungen für schwierige Konflikte ausfindig zu machen, andererseits Eskalationen erfolgreich entgegenzuwirken, zu denen schwierige Konflikte warum auch immer bis hin zu Kriegen führen.

ÜBERFALL

Das Sommerfest, mit dem der Vorstandschef Florian Semmering seit zehn Jahren seine Familie, seine Vorstandskollegen und viele Bekannte und Freunde von nah und fern alljährlich an einem Sonnabend Mitte August beglückte, hatte Mitte der 2010er Jahre sein zehnjähriges Jubiläum und fand wie bisher immer auf der Terrasse seiner Villa statt, die von einem riesigen, parkähnlichen Garten mit Blumenbeeten, Laub- und Nadelbäumen und großen Wiesen umgeben war. Eine besondere Attraktion des Gartens war ein Teich, den sich Enten, Fische und Schwäne friedlich teilten. Die Villa stand auf einer leichten Anhöhe, von der aus abhängig von den Jahreszeiten sich die Schönheit des Gartens und seine Pracht betrachten ließen. Das Anwesen war in der Nähe eines Dorfes gelegen, das deutlich von der Stadt entfernt war; dort hatte die Firma ihren Sitz, deren Leitung sich in den Händen Florian Semmerings als Vorstandschef befand. Die Villa und der Garten um sie herum waren der Rückzugspunkt für Florian, um sich von seinen an Aufregung und Beanspruchung durchaus reichen Tagen zu erholen. Er stammte aus einer süddeutschen Unternehmerfamilie, deren Textilfirma allerdings wesentlich kleiner war als die Firma, die er leitete und der Automobilindustrie wichtige Komponenten für die Produktion von Fahrgestellen im In- und Ausland lieferte. Florian Semmering war hochgewachsen und gut gebaut, er spielte Tennis, segelte eine große Yacht und fuhr in den Alpen Ski; er machte einen ausgesprochen sportlichen Eindruck mit immerhin über fünfzig Jahren. Sein Haar war dünn geworden, aber noch blond. Seine blauen Augen leuchteten, wenn er sich freute und lachte. Eine weiche, tiefe Stimme verlieh ihm Sympathie, wenn er zufrieden mit sich war. Doch war er unzufrieden mit sich oder einem seiner Vorstandskollegen, konnte er auch laut und wütend werden. Er hatte einen Sohn, auf den zwei Schwestern folgten, nochmals einen Sohn und eine weitere Tochter – insgesamt fünf Kinder! Die Mutter seiner Kinder war eine hübsche, tüchtige Frau, die ihn in guten und schlechten Zeiten seiner Firma wie auch in Gesellschaft bestens zu begleiten und zu unterstützen verstand. Florian liebte seine Frau, die mütterlicherseits französischer Provenienz war und äußerst wohlklingend Florence hieß.

Die Sommerfeste der Semmerings waren bei denjenigen, die dazu geladen waren, äußerst beliebt und ein Höhepunkt im Verlauf des Sommers. Für die Mitglieder des Vorstands war es der Höhepunkt des Jahres. Denn zu keinem anderen Zeitpunkt bot sich ihnen die Gelegenheit, ihren Chef außerhalb des Tagesgeschäfts zu erleben und sich mit ihm auszutauschen. Da sie sich hervorragend von ihm geführt fühlten, wussten sie diese Gelegenheit einer zwanglosen Zusammenkunft mit ihm sehr zu schätzen. Hier konnten sie sich in einer angenehmen, friedvollen Atmosphäre in aller Ruhe mit ihm unterhalten und dabei auch auf Themen eingehen, die sie in der Firma oder im Vorstand nur ungern ansprachen. Hier auf der Terrasse seiner Villa war Semmering auch für Themen empfänglich, die zu Konflikten führen konnten. Nur einmal im Jahr bot sich diese Gelegenheit für die Vorstände – das war an Florians Sommerfest.

Doch war nicht nur der Firmenvorstand in Begleitung von Gemahlin oder Lebensgefährtin eingeladen; auch Florians Familie mit Ehegatten und Enkeln, sofern schon vorhanden, also alle Geschwister, gehörten zum Sommerfest. Alle Generationen der Semmeringschen Familie, soweit sie im Umfeld des Anwesens lebten, waren mit von der Partie. Mit großer Begeisterung nahmen Freunde und Bekannte von hier und dort teil und gaben unmissverständlich zu erkennen, dass Florian in der Gesellschaft bestens zu Hause war und ein hohes Maß an Anerkennung genoss, wie sie nicht viele Chefs von Firmenvorständen hatten – er war unbedingt eine Ausnahmeerscheinung.

Die Villa, die er mit Florence und den Kindern bewohnte, soweit sie noch nicht » aus dem Haus « waren, gründete auf einem alten Gehöft, das Ende des 19. Jahrhunderts zu einem Landhaus umgebaut worden war – ein Herrensitz mit einem großen Vorderhaus und zwei kurzen Seitenflügeln, die früher Ställe waren und einen Hof bildeten, der auf der Seite gegenüber dem Vorderhaus zum Garten hin offen war. Jetzt gab es eine Terrasse mit Blick ins Grüne in den wundervollen Garten. Im rechten Seitenflügel befanden sich die Arbeitszimmer und Schlafgemächer der Eltern, im linken Flügel hatten die fünf Geschwister ihre Räume wie auch die Au-Pair-Girls, die den Semmeringkindern, ergänzend zu ihrem Sprachunterricht in der Schule Englisch, Französisch und Spanisch beibrachten. Das Vorderhaus hatte eine repräsentative Fassade und eine große, gerundete Treppe, die zu einer mit Schnitzereien versehenen Haustür aus Holz führte, um Gästen und Mitgliedern der Familie Einlass in einen großen Festsaal, einen kleineren Wohnraum, in ein Esszimmer nahe der Küche und einen kleinen Raum für Kaffee- und Teemahlzeiten zu bieten. In dem zuletzt genannten Raum traf die Familie auch abends zusammen: Florence und Florian vor dem Zu-Bett-Gehen zu einem Glas Wein oder für Beratungen und Gespräche, die Eltern und Kinder zu bewegenden oder wichtigen Themen dort miteinander führten. Ein schmiedeeisernes Tor war Eingang und Zufahrt zum Vorderhaus über einen Asphaltweg zu dem Rondell, das Gäste mit Auto zur Treppe brachte, und zu einem versteckten Parkplatz für die Autos der Familie und von Gästen; dort gab es auch einen Aufenthaltsraum für die Chauffeure, die Gäste zu den Festgesellschaften fuhren. Lange, mit Blumen geschmückte Tafeln und mit Blattgold verzierte Stühle wurden im Festsaal aufgebaut. Die Feste fanden mit großen und kleinen »Musikkompanien«, bisweilen mit Blas- oder Jazzkapellen, um zu tanzen, oder mit bewegenden oder erfreuenden Reden statt – zur Erbauung und zum Vergnügen der Eingeladenen. Geburtstagen der Familie, hohen Festtagen in Gesellschaft und Kirche, Geschäftsessen, Hauskonzerten und Vortragsveranstaltungen bot der Festsaal einen erhabenen, standesgemäßen Raum, der häufig in Anspruch genommen wurde. Mit dieser Kultur des Feierns und Festens stellte sich Florian in die Tradition seiner Familie, die dafür in deutlich kleinerem Rahmen stets etwas übrighatte. Aber noch mehr war Florence mit vornehmer Geselligkeit vertraut. Ihre Mutter und Großmutter hatten in der Umgebung von Toulouse ein Schloss mit Land- und Weingütern bewohnt. Für das gesamte Jahr existierte dort ein Festkalender, der die bisweilen etwas einsame und verlorene Gegend auf das Schönste belebte.

Das Semmeringsche Anwesen stand mit beiden Elternteilen in einer Tradition, die eine Kultur der Begegnung und des Zusammenhalts der Familie und vor allem die der Eltern mit weitreichenden Freundschaften prägte. Stets wurde bestens gegessen, vorzüglicher Wein getrunken, ernste, inspirierende, aber auch humorvolle Gespräche geführt und die großen und kleinen Gesellschaften mit Musik, Vorträgen, ja auch mit kleinen Kunstausstellungen bereichert. Dabei war keine Frage, dass dieser Lebensstil auch das Selbstverständnis der Semmerings repräsentierte, als wohlhabende Unternehmerfamilie für die Gesellschaft eine wichtige Rolle zu spielen und mit ansehnlichen Geldbeiträgen die kulturelle Entwicklung in der Region zu fördern. Mit Spenden für den Erhalt von Kirchen und Museen sowie zur Renovierung von

Bibliotheken und Gemeindezentren hatte Florian Semmering sich und seiner Familie seit langem schon einen Namen gemacht.

Unübertroffen blieb das Sommerfest mit bis zu hundert Gästen: Eine Tafel mit drei Seiten über Eck mit Blick ins Freie wurde auf der Terrasse aufgebaut und mit weißen Tischdecken und Servietten aus Seidenbrokat, kristallenen Gläsern, Porzellangeschirr, Silberbesteck und vielen Blumengebinden gedeckt. Tische und Stühle wurden aus dem Veranstaltungsmobiliar der Firma besorgt und mit einem Möbelwagen zur Villa gebracht. Über die Tafel wurde, falls es regnete, eine lichtdurchlässige Plane gespannt. Der Tafel vorgelagert war ein Tanzparkett ausgelegt und die Technik der Band platziert, deren Musik die an der Tafel sitzenden wie die tanzenden Gäste beglückte. Ein reichhaltiges Buffet befand sich vor den beiden Seitenflügeln und ließ nichts zu wünschen übrig. Dafür sorgte ein Sternekoch, der das Sommerfest von Anbeginn mit seinem Catering begleitet hatte. Getränke wurden von professionellen Kellnern eingeschenkt; nie wurde an exzellenten Rot- und Weißweinen gespart.

Für Florian und Florence folgte das Sommerfest einem Ritual, das für andere Festivitäten nicht existierte; es bezog sich nicht nur auf den Ablauf der Veranstaltung, sondern auch auf ihre Vorbereitung. Auf die Einladung der Gäste, die ein Vierteljahr vor dem Ereignis erfolgte, auf den Umfang des Blumenschmucks, die Auswahl der Speisen und die Tischordnung wird hier nicht eingegangen. Doch der letzte prüfende Blick auf die gedeckte, aber noch nicht besetzte Tafel, auf die Anordnung des Buffets und die Tanzfläche sei aus Anlass des zehnten Sommerfestes hier angesprochen.

»Es ist heute das zehnjährige Jubiläum dieser Festivität«, äußerte Florian zwei Stunden vor dem Eintreffen der Gäste, die gegen 18:00 Uhr erwartet wurden, »wieder hast du an alles gedacht, was dieses Fest zum Höhepunkt macht, und mit der dir eigenen Sorgfalt vorbereitet. Dafür sei dir mit hohem Respekt mein inniger Dank gesagt.«

»Das mache ich doch sehr gern für dich, für unsere Familie und alle, die zu diesem Fest geladen sind«, antwortete Florence bewegt, »dabei weiß ich deine Unterstützung wie die der Kinder und der einen oder anderen Hilfe aus dem Dorf sehr zu schätzen.«

»Was mich besonders berührt«, sagte Florian, »ist die Freude, die dieses Sommerfest unseren Gästen bereitet und sie beglückt. Ein Erfolgsmodell ist dieses Sommerfest, bei dem es noch nie zu einer Panne oder im Nachgang zu Ärger oder Verdruss gekommen ist.«

»In der Tat ist es ein großes Glück, dass auf dem Sommerfest bisher noch nie etwas passierte, was uns böse überrascht hat«, bemerkte Florence, »das ist meine stets verborgene Sorge, auf die ich nicht weiter eingehen möchte. Vielmehr will ich mich mit dem Wunsch beruhigen, dass auch dieses Mal alles glücklich und wie geplant verläuft.«

»Das Glück des Sommerfestes ist wesentlich unser Glück, das uns nicht im Stich lassen wird«, antwortete er und nahm sie – zufrieden mit der Tafel und allen anderen Aufbauten – liebevoll in den Arm.

Nun blieb eine gute Stunde Zeit für die Ruhe vor dem Sturm der eintreffenden Gäste und bis sie ihre Festgarderobe angelegt hatten. In einem weißen Smoking und einer ebenfalls weißen, rot gepunkteten Krawatte standen Florian und Florence, die ein weites, geblümtes Sommerkleid trug, auf dem oberen Absatz der Treppe. Beide begrüßten ihre Gäste, die in schwarzen Karossen vorfuhren oder mit einem Taxi kamen, und geleiteten sie auf die Terrasse; dort wurden sie mit einem Glas Champagner empfangen. Bevor sie sich an ihre Plätze setzten, traten alle an den Rand der Terrasse, um auf den Garten der Villa und in das Land, das dahinter lag, bei frühabendlicher Sonne zu blicken. Noch war der Himmel wolkenlos, doch ein Gewitter war in den Medien angesagt, so dass die über die Tafel gespannte Plane – für alle Fälle – sehr willkommen war. Bis auf wenige Ausnahmen waren die Gäste pünktlich; den Aufenthalt an diesem so sehr geschätzten Ort wollte sich niemand verkürzen lassen. Eine halbe Stunde nach dem offiziellen Beginn des Sommerfestes sah Florian die Plätze an der Tafel alle besetzt und begann mit der Begrüßung der Gäste, auf die eine Zusammenfassung zum Stand der Firmenentwicklung folgte.

»Liebe Freundinnen und Freunde, liebe Kolleginnen und Kollegen, liebe Familie, hoch geschätzte Florence,

zum zehnten Mal begehen wir heute das Sommerfest der Semmerings, das nun schon eine Tradition hat, die unsere Gäste offensichtlich beglückt und bereichert. Wäre dem nicht so, könnten wir Sie nicht so zahlreich willkommen heißen. Für Florence und mich wie auch für die ganze Familie ist unser Sommerfest ein Höhepunkt, an dem wir uns vieler Freundschaften vergewissern, uns in der Gesellschaft anerkannt fühlen, repräsentieren unsere Gäste doch die Gesellschaft, und eine Kultur des Zusammenhalts pflegen, die mit leckerem Essen, guten Gesprächen und allerlei weiteren Vergnügungen uns befriedet und weiterbringt. Wir Semmerings sind bestimmt nicht die einzigen, die eine solche Kultur zu schätzen wissen und leben. Denn wer von solcher Geselligkeit wie unserem Sommerfest begeistert und überzeugt ist, trägt spürbar zur Verbesserung des Zusammenlebens in unserer Gesellschaft bei – das hält uns zusammen.

Doch getragen werden wir auch von unserer Arbeit, deren Erfolge die positive Entwicklung unserer Wirtschaft belegt. Unsere Firma hat im nationalen Entwicklungskontext gute bis sehr gute

Ergebnisse erbracht. Das internationale Geschäft konnte deutlich erweitert werden und hat zu beachtlichen Steigerungen der jeweils landesbezogenen Umsätze geführt. Die von der EU und den USA vorangetriebene Globalisierung schreitet spürbar voran. Krisen, die sich im laufenden Jahr ergeben haben, konnten problemlos bewältigt werden. Unsere Kassen sind dafür, aber auch für neue Investitionen bestens gefüllt. Immerhin werden wir in diesem Jahr zum fünften Mal Einsatz und Fleiß der Belegschaften mit satten Zulagen honorieren können, wie es in den Jahren davor in diesem Umfang noch nicht der Fall war. Können wir für die nächsten Jahre davon ausgehen, dass diese begonnene Entwicklung weiter Bestand hat und sich fortsetzen wird? Aktuell lassen sich keine Tendenzen erkennen, die einer weiterhin positiven Entwicklung entgegenstehen. Mit leichten Schwankungen ist immer zu rechnen. Die Zukunft der Automobilindustrie hängt wesentlich von der Preisentwicklung fossiler Brennstoffe ab und der Belastbarkeit dazu bestehender Alternativen. Dieses Thema wird uns noch länger beschäftigen. Vorausschauendes Handeln ist unerlässlich, aber für uns nicht neu. An einem Tag wie heute trägt mich nicht zuletzt mein Optimismus. Möge dieser auch Sie ermutigen, ihn mit mir zu teilen und es mir gleichzutun. Ich heiße Sie bei uns Semmerings herzlich willkommen. Das Buffet ist eröffnet, greifen Sie zu und genießen Sie unser Festmahl. Versichern kann ich Ihnen, dass es sich lohnt.«

Rauschender Beifall quittierte Florians Rede. Die Gäste erhoben sich und gingen zu dem Buffet, an dem lange Schlangen zu beobachten waren. Die Laune war glänzend und überstrahlte alles. Der Appetit nahm angesichts vieler Leckereien gewaltig zu. Rasch war das Fest in vollem Gange, und die Gäste erwarteten voller Freude wieder ein vielversprechendes Ereignis. Die Dämmerung setzte ein, Abendrot lag auf der Tafel, glitzerte in den kristallenen Gläsern und färbte die Brokatseide hell- und dunkelrot. Die Band startete ihren Auftritt, als der Abend den Garten in Dunkelheit tauchte.

Doch nach der ersten Tanzrunde stürmte plötzlich eine Meute vermummter Personen von der Gartenseite aus auf die Terrasse und schoss aus Neun-Millimeter-Pistolen wild in die Festgesellschaft. Nach gut zehn Minuten war die Meute der Vermummten mit drei Entführten wieder verschwunden und rannte johlend über die Wiese zurück in die Dunkelheit. Ein Blutbad hinterließen sie mit sechs Toten: Florian Semmering, drei seiner Kinder, dem Finanzvorstand und dem Justiziar. Entführt wurden die jüngste Tochter der Semmerings, Saskia, und zwei junge Vorstandsgattinnen; mehr als zwanzig Gäste waren schwer verletzt. Tische und Stühle, das Buffet auf der Terrasse, die Tanzfläche und die Technik der Band waren stark beschädigt und zum Teil zerstört. Am Eingang der Villa von der Terrasse aus hatte einer der Vermummten ein Feuer gelegt, um die Villa anzuzünden. Doch der Brandherd wie die Auslagen auf den Buffettischen konnten mit Gartenschläuchen gelöscht werden, so dass das Feuer nicht das Vorderhaus der Villa befiel.

Die Meute der Vermummten blieb mit den Entführten verschwunden – ohne jede Spur. Die Polizei konnte den Hergang der Tat rekonstruieren: Die Vermummten hatten ein großes Loch in den Zaun des Gartens geschnitten und konnten mit Einbruch der Dunkelheit unbeobachtet in das Anwesen eindringen. Ohne erkannt zu werden, gelangten sie etwa dreißig Meter vor die Terrasse und starteten dort ihren Angriff auf das Fest. Die Ermordung Florians, der beiden Vorstände und drei seiner Kinder schien geplant zu sein und ebenso die Entführung der drei jungen Frauen. Wer dieser Meute angehörte und warum sie diesen Anschlag auf das Semmeringsche Sommerfest verübt hatte, konnte nicht schnell ermittelt werden. Ein Bekennerschreiben gab es nicht oder war bisher noch nicht eingegangen.

Florence und der Älteste der Geschwister, Marcel, standen unter Schock. Die Bluttat hatte sie aus der Vertrautheit ihres Lebens gerissen und in ihren Aktivitäten gelähmt. Zu der Ermordung Florians und der drei Geschwister kam die Entführung der Jüngsten in der Geschwisterreihe, Saskia; über ihren Verbleib gab es keine Information. Die Terrasse war am Tag danach nur sehr oberflächlich aufgeräumt worden, um die Ermittlungen der Polizei nicht zu erschweren. Tische, Stühle, Scherben und die verbrannten Buffettische lagen dort immer noch verstreut herum. Die Leichen der Ermordeten hatte die Polizei nach drei Tagen für ihre Begräbnisse freigegeben; diese wurden nun mit Unterstützung von Florians Büro unter Hochdruck vorbereitet. In aller Eile wurde ein Familiengrab für die Semmerings hergerichtet wie auch die Grabstätten für den Finanzvorstand und den Justiziar. Auf verschiedenen Friedhöfen fanden am selben Tag die Begräbnisse unter Polizeischutz im engsten Kreis der Angehörigen statt. Wortlos traten Florence und Marcel an das Familiengrab und warfen ihre Blumen auf die Särge Florians und der ermordeten Geschwister. Auf Ansprachen wie auch Würdigungen wurde verzichtet. Dies sollte mit einem offiziellen Trauergedenken gemeinsam mit den Hinterbliebenen der beiden Vorstände zu einem späteren Zeitpunkt im großen Versammlungsraum der Firma geschehen. Auf dem Band, das Florence und Marcel um den Kranz für den Gatten und Vater gewunden hatten, war zu lesen: »*Warum dieser Krieg?*« Während die Beerdigungen stattfanden, traf das folgende Bekennerschreiben bei Polizei und einigen Presseagenturen ein.

»Wir kämpfen für Freiheit und Gerechtigkeit in allen Ländern der Welt. Wir bekämpfen diejenigen, die im globalen Wettbewerb

zu Armut und Elend, Tod und Verzweiflung durch Ausbeutung, Erpressung und Verschmutzung von Ländern des globalen Südens beitragen.

Florian Semmering war Chef einer Firma, die der Autoindustrie weltweit Komponenten für die Fertigung von Fahrgestellen liefert. Er hatte Armut und Elend vieler Menschen in Ländern der Dritten Welt auf dem Gewissen, in denen Herstellung und Verbreitung dieser Komponenten erfolgt. Oft hat die dramatische Verschlechterung ihrer Lebenssituation den Menschen in diesen Ländern Krankheit und Tod gebracht – nicht zuletzt auch durch Müll und die Verseuchung des Grundwassers. Angesichts dessen ist Florian Semmering als Vorstandschef verantwortlich für diese Entwicklung und ein Mörder von Kindern, Jugendlichen, Frauen und Männern wie auch von älteren Menschen.

Mehrfach wurde er von uns aufgefordert, die katastrophalen Auswirkungen und Folgen der Aktivitäten seiner Firmen abzustellen und auf menschenwürdige Arbeitsbedingungen hinzuwirken. Geschehen ist nichts – alles blieb, wie es war, auch, als wir ihn warnten, die Zeichen zu übersehen, die wir auf Demonstrationen unmissverständlich setzten. Für den Krieg, den er gegen die Menschen führte, die im globalen Süden zu Hause sind, haben wir ihn, seine Familie wie auch weitere Vorstände seiner Firma gerecht mit dem Tod bestraft. Semmerings jüngste Tochter und zwei Ehefrauen von Vorständen haben wir entführt; sie werden für immer verschwunden bleiben und nie mehr wieder gesehen werden. Letzteres gilt auch für uns. Mit inniger Anteilnahme, herzlichem Beileid und besten Grüßen von den »Gerechten«, die vermummt ihre Urteile vollstrecken wie ›Justitia‹.«

Nichts Näheres gab das Bekennerschreiben der »vermummten Gerechten« über diejenigen zu erkennen, die an dem Anschlag auf die Semmerings und ihre Festgäste beteiligt waren und damit als Mörder und Entführer galten. Alle Fahndungen blieben ohne Erfolg, obwohl sie sehr intensiv und mit großer Sorgfalt durchgeführt wurden. Die Polizei stand weiterhin vor einem Rätsel, das zu lösen sie nicht in der Lage war.

Ein halbes Jahr nach der Beerdigung Florians beschloss Florence, den Semmeringschen Familiensitz zu verlassen, die Villa mit Garten zu verkaufen und eine Wohnung in einem noblen Touristenort am Bodensee zu beziehen. Dorthin kamen immer wieder Bekannte und Freunde von Florian und ihr. Sie freute sich deshalb darauf, die vielen Kontakte fortsetzen und vertiefen zu können. Doch dazu kam es nicht.

Florence ließ die Villa ausräumen und die wertvollen Möbelstücke und Einrichtungsgegenstände samt Gläsern, Geschirr, Küchenutensilien und verschiedene Sorten von Kleidung und Wäsche wie auch alle Bücher mit einem Möbeltransporter in ihre Wohnung am Bodensee transportieren. Alles Verbleibende, das weniger wert war, wurde verkauft. Bis auf wenige Einzelstücke war die Villa vollständig leer. Die Nacht, bevor sie den Familiensitz verließ, verbrachte sie im Festsaal der Villa, die noch keinen Käufer hatte. Etwas später am Vormittag als üblich erwachte sie nach Genuss einer halben Flasche besten Rotweins am Abend zuvor und bemühte sich, möglichst schnell von der Villa Abschied zu nehmen, um nun neue Wege zu gehen. Kurz vor 12:00 Uhr war Florence reisefertig und setzte sich in ihren *Benz*, um loszufahren. Als sie den Zündschlüssel im Schloss herumdrehte, explodierte der Wagen und schleuderte sie auf die geschwungene Treppe, die zum Eingang der Villa führte. Mit dem Kopf stürzte sie auf die steinernen Stufen und war sofort tot. Trotz gegenteiliger Behauptung, niemals mehr hier vor Ort zu sein, hatten die »vermummten Gerechten« doch zugeschlagen, wie sie in einem erneuten Bekennerschreiben erklärten. Von der

Familie Semmering war nun nur noch Marcel, der Älteste der Geschwister, übrig. Von Saskia fehlte weiterhin jede Spur; sie galt als vermisst.

NIEDERLAGE

Marcel war Jurist und Partner einer Kanzlei für Wirtschaftsprüfung geworden, die in der Stadt und Region mit ihren Unterstützungsleistungen für die Automobilindustrie sehr erfolgreich war. Mit seiner Familie wohnte er in einem Villenviertel am Stadtrand. Marcel genoss hohes Ansehen und große Anerkennung bei den Vorständen vieler Firmen, für die die Zulieferindustrie eine zentrale Rolle spielte. Dem Justiziar in Florians Firma, dessen aktive Zeit bald verstrichen war, sollte Marcel nachfolgen. Mit der Ermordung des Justiziars stand die Nachfolge für ihn nun unmittelbar bevor, die Marcel in Verbindung mit der Vertretung der Position von Florian unmittelbar übergeben wurde. Denn der Finanzvorstand, als der reguläre Vertreter des Vorstandchefs, war dem Überfall ja ebenfalls zum Opfer gefallen. Marcel erklärte sich zur Übernahme der ihm überantworteten Bereiche bereit – allerdings mit leichtem Unbehagen, das er sich mit den Ereignissen auf dem Sommerfest erklärte, obwohl der Überfall nun schon einige Monate zurücklag. Aber zugleich schmeichelte ihm die Ehre, seinen Vater als Vorstandschef zu vertreten. So ging er mutig ans Werk und unternahm als erstes eine Vorstellungsrunde bei den Vorständen der Industrieunternehmen in Stadt und Region; das war für Marcel ein Heimspiel. Denn den meisten Vorstandsgremien war er bestens bekannt. Deutlich herausforderungsvoller war seine persönliche Vorstellung bei Leitern der Niederlassungen im Ausland. Mit Versprechungen, bestehende Problemlagen zu analysieren und auszuräumen, bemühte er sich, Vertrauen aufzubauen. Auf seiner ersten Betriebsversammlung stellte er sich seinen 1500 Beschäftigten vor, die in der Stadt am Hauptsitz der Firma tätig waren, und wurde sehr wohlwollend begrüßt. Alle vertrauten darauf, dass auch Marcel über die äußerst geschätzten Führungsqualitäten seines Vaters verfügte, der in der Firma ungewöhnlich beliebt gewesen war. Eine ganze Reihe guter Verkaufsabschlüsse konnten nach den Vorstellungsrunden getätigt werden. Weiterhin wurde eine Niederlassung im chinesischen Raum geplant – beides gab Anlass, auf eine kontinuierlich erfolgreiche Firmenentwicklung zu setzen. Nicht unerwähnt sollte allerdings bleiben, dass die Verkaufsabschlüsse wie die Planungen der Niederlassung in China noch von Florian auf den Weg gebracht worden waren.

Die Villa der Semmerings war noch immer nicht verkauft. Interessenten hatte es hin und wieder gegeben. Doch mit der weiterhin nicht beräumten Terrasse, auf der sich noch immer umgestürzte Stühle und Tische fanden, und mit der stark beschädigten Fassade des Vorderhauses, die unter Einschluss des Eingangsbereichs, einiger Fenster und der Treppe durch den tödlichen Anschlag auf Florence zerstört worden war, hielt die Villa die Erinnerung an die schrecklichen Morde wach, die so brutal dort verübt worden waren. In Teilen zur Ruine geworden, erhob sie sich wie ein Denkmal für die toten Eltern und Kinder der Semmerings. Die Atmosphäre, die über dem Anwesen lag, hielt grundsätzlich Kaufinteressierte ab, anstatt sie zu gewinnen. Das war offenbar eine Immobilie, die einige Zeit brauchte, bis die Ursachen für ihren Verkauf potentielle Interessenten nicht mehr abstießen. Dazu trugen auch die Schmierereien an den Außenwänden der Villa mit Hakenkreuzen und anderen äußerst verabscheuungswürdigen Zeichen bei, die neunzig Tage nach dem Tod von Florence getätigt wurden. Zudem wurden bei diesem Anschlag auf die Villa sämtliche Fenster im Erdgeschoß des Vorderhauses und der Seitenflügel zerschlagen und alle Türen, die in das Gebäude und auf die Terrasse führten, aufgebrochen, ausgehängt und auf der Terrasse verbrannt. Eindringlinge in das Gebäude – ob Menschen, ob Tiere – hatten es nun nicht mehr schwer, sich in der Villa aufzuhalten. Ungeschützt vor klimatischen Einflüssen drohten die Wände feucht zu werden und zu schimmeln. Wer diese Zerstörungen angerichtet und zu verantworten hatte, konnte nicht aufgeklärt werden. Die »vermummten Gerechten« waren es wohl nicht. Denn die an die Wände geschmierten Symbole ließen auf andere Täter schließen.

Die Mitteilung von der weiteren Zerstörung der Villa, die Marcel am Morgen nach der Tat auf einer Vorstandssitzung erreichte, traf ihn tief. Er brach die Sitzung ab, fuhr umgehend zu dem Anwesen und konnte seine Tränen nicht zurückhalten, als er sah, was geschehen war. Hatte die Ermordung seiner Eltern und Geschwister nicht genügt? Was würde als nächstes kommen? Waren er und seine Familie nun im Visier von Neidern, Verwirrten und anderen Chaoten, die ihren Ärger und Verdruss, der in keinem Zusammenhang mit der Villa stand, nicht anders zur Geltung bringen konnten als mit Schmierereien und Zerstörung? Marcel betrat das Haus und ging auf die Terrasse; er heulte laut unter der zerfledderten Plane, an der der Wind zerrte, und schrie: *Warum dieser Krieg?*

Als er wieder in seinem Büro war, beauftragte er eine Sicherheitsfirma, alle Fenster der Villa mit Lochblechgittern aus Stahl zu verschließen und an allen Eingängen in das Gebäude Stahltüren einzusetzen. Die Außenwände mit den Schmierereien sollten mit weißer Farbe neu verputzt werden. Darüber hinaus sollte auf der Terrasse und um das Erdgeschoß herum eine Videoüberwachung installiert werden; deren Einsatz war allerdings nur von kurzer Dauer – nach zwei Monaten war sie komplett zerstört. Als die

Maßnahmen zum Schutz des Gebäudes beendet waren, sah die Villa aus wie ein Knast. Marcel wurde von der Sicherheitsfirma gebeten ihre Leistungen abzunehmen; das brachte er nicht fertig. Denn als er die Villa und ihre mit gelochtem Stahl verschlossenen Fenster sah, kehrte er sofort um und fuhr zurück in die Stadt, um den Rest des Tages in seinem Büro zu verbringen und den Verlust des Familiensitzes als Domizil zu betrauern – eine Reaktion, die mit seiner Rolle als Vertreter der Position des Firmenchefs kaum vereinbar war, aber zu seiner mentalen Verfassung seit dem Überfall auf das Sommerfest passte: Marcel war zutiefst traumatisiert. Der durch den Anblick der vollständig abgeschlossenen Villa ausgelöste Schock verstärkte die Erinnerung an die Ermordung seiner Eltern und Geschwister wieder und führte zu Verhaltensweisen, die Marcels unmittelbares Umfeld heftig erstaunen ließen: Termine, die seit langem verbindlich vereinbart waren, wurden auf unbestimmte Zeit verschoben, Entscheidungen, die für die wirtschaftliche Entwicklung der Firma wesentlich waren, ließen trotz großer Dringlichkeit auf sich warten und wurden dennoch oft nicht getroffen. Marcel machte sich unsichtbar und zog sich in sein Firmenbüro zurück, das er nur für einsame Mahlzeiten und lange Spaziergänge verließ und oftmals erst nach ein oder zwei Stunden wieder betrat. Häufig übernachtete er in seinem Büro und war deshalb für seine Familie nicht mehr erreichbar, die er mit plötzlichen, ungeplanten Dienstreisen belog, um ihr seine Abwesenheiten über Nacht zu erklären. So ging es über Wochen. Die durch die schrecklichen Geschehnisse verursachte Traumatisierung, die er glaubte überwunden zu haben, wurde durch die Zerstörung der Villa und den Verschluss ihrer Fenster und Türen neu geweckt. Marcel fühlte sich um alles gebracht, woran ihm gelegen war, obwohl er die höchste Position in der Firma innehatte, womit er in so kurzer Zeit niemals gerechnet hatte.

Seiner Frau Ellen und Mutter ihrer gemeinsamen Töchter Carla und Clara entging sein sich verschlimmernder Zustand nicht; sie riet ihm, umgehend einen Arzt aufzusuchen und sich einer Behandlung zu unterziehen. In hohem Maße war sie besorgt und endlich erleichtert, als er ihr versprach, ihrem Rat zu folgen. Kurze Zeit später schien es erneut bergauf zu gehen. Allem Anschein nach war Marcels Energie zurückgekehrt. Seine Geschäftsaktivitäten wie die Wahrnehmung seiner Pflichten verliefen wieder wie gewohnt. Allerdings hatte er sich nicht zu dem Arztbesuch entschlossen, den Ellen ihm empfohlen hatte. Vielmehr ließ er sich die »Arzneien«, um wieder auf die Füße zu kommen, auf seinen Spaziergängen in der Grünanlage nahe der Firma geben. Unter dem Druck, seiner Verantwortung für die Firma gerecht zu werden und die Erwartungen, die an ihn gestellt wurden, zu erfüllen, konsumierte er insbesondere Kokain, aber auch andere Drogen, die ihm die Dealer dort anboten. Bisher war er bei seinen Spaziergängen nicht auf sie eingegangen; jetzt suchte er sie auf und kaufte das Dope beinahe täglich. Hyperaktiv und ständig inner- und außerhalb der Firma unterwegs war er nun wieder sichtbar, während er sich vorher kaum gezeigt und äußerst passiv verhalten hatte. War Marcel in seine Rolle zurückgekehrt? Hatte er sich wieder gefunden? Seine Kollegen im Vorstand und die Leiter der Abteilungen waren davon überzeugt.

Doch Ellen traute dem Frieden nicht. Marcel fand kaum mehr Ruhe und, wenn er doch einmal Ruhe fand, wirkte er wie betäubt. Ellen fiel auf, dass er immer später nach Hause kam. Auf ihre Frage, warum das so sei, antwortete er, dass er unter großem Druck stehe, da sich die Firma in einer Krise befinde, deren Bewältigung zu seinen Aufgaben gehöre und eine Unmenge an Zeit von ihm verlange. Ellen nahm das hin, bis sie zwei Wochen später mit der Post einen Umschlag mit Fotos erhielt, die Marcel bei

Dunkelheit in der Grünanlage zeigten; dort war er mit einem Menschen im Gespräch, der nicht den Eindruck erweckte, zur Firma zu gehören: Ganz in Schwarz mit einer Lederjacke bekleidet und ein paar Tütchen in der Hand, die Marcel übergeben wurden. Mit wem sprach er da, fragte sie sich, was nahm er dort entgegen? Sie nahm sich vor, ihm die Fotos vorzulegen und ihn zu fragen, was es damit auf sich habe. Aber trotz der Anläufe, die zu unternehmen sie sich vornahm, traute sie sich nicht, ihn zu den Fotos zu befragen, und schob die Auseinandersetzung vor sich her. Ellen fürchtete, dass er wieder in Abwesenheit und Passivität zurückfalle, wenn sie ihn deshalb zur Rede stellte und dringend aufforderte, ihr zu erklären, auf welchen Abwegen er dort sei. Denn dass es dabei nicht um die Bewältigung von Krisen seiner Firma ging, war ganz offensichtlich. Doch vermeiden wollte sie, dass er sich von ihr düpiert fühlte und nicht mehr zu seiner Familie heimkehrte, und hörte ihn schon sagen, dass diese Fotos von einem Detektiv gemacht worden seien, den sie beauftragt habe, da sie ihm misstraue. Deshalb fasste sie den Entschluss, eigene Nachforschungen anzustellen und sich selbst Informationen über die Fotos zu besorgen. Dabei fiel ihr auf, dass Marcel begonnen hatte, an Wochenenden sich zuhause in sein Arbeitszimmer einzuschließen, und dort Vor- oder Nachmittage verbrachte. Anfangs hatte er ihr und seinen Töchtern noch mitgeteilt, zwei Stunden Ruhe zu benötigen, und mit diesen Worten den Frühstückstisch am Sonnabendvormittag verlassen. Zwei Wochenenden später war er nach einer Tasse Kaffee in seinem Arbeitszimmer abgetaucht und ließ sich erst gegen Mittag wieder blicken.

»Was ist mit dir los?«, wollte sie von ihm wissen, »du bist da und du bist es nicht.«

»Wie ich dir schon erklärte«, antwortete er genervt, »ist die Firma derzeit mit Herausforderungen konfrontiert, die ihre Weiterentwicklung unmittelbar gefährden – dies vor allem im

Ausland. Bei einer solchen Lage kann ich doch nicht sagen, dass ich mit meinem Wochenende zwei Tage Pause habe und es am Montag erst wieder weitergeht – das ist vollkommen abwegig.«

»Dein Vater hat mit Sicherheit viele Krisen der Firma durchgemacht. Aber ich kann mich nicht erinnern, dass er sich deshalb in seinem Arbeitszimmer einschloss, um sich am Wochenende von seiner Familie zurückzuziehen. Handelt es sich ausschließlich um Probleme in der Firma? Oder steckst vor allem du in großen Schwierigkeiten, die dich zu diesem merkwürdigen Verhalten bringen? Kann ich dir behilflich sein? Warum redest du nicht mit mir, Marcel?«

»Sei unbesorgt, Ellen! Derzeit habe ich Geschäfte, die meinen vollen Einsatz auch an den Wochenenden fordern. Für mich als Firmenchef gibt es die Fünftagewoche nicht – das muss dir doch klar sein«, äußerte er ärgerlich.

»Mit einer Tasse Kaffee begnügst du dich zum Frühstück – dann schließt du dich für lange Stunden ein«, erwiderte sie mit vorwurfsvoller Stimme, »geht's noch, Marcel? Machen das mittlerweile alle Chefs in der Industrie?«

»Die Zeiten ändern sich«, versuchte er sie zu beschwichtigen, »auch bin ich noch immer neu im Job. Übrigens ist mein Arzt mit mir sehr zufrieden.«

»Das höre ich wirklich gern«, gab sie zur Antwort, »vielleicht können wir am Nachmittag im Wald spazieren gehen; das würde mich sehr freuen. Carla und Clara sind mit Freunden an einem See. Wir wären ganz allein«, sagte sie versöhnlich und lächelte.

»Das machen wir«, war seine Antwort, »ein super Vorschlag! Ich freue ich mich darauf.«

Doch als Ellen an die Tür seines Arbeitszimmers klopfte, gab er ihr keine Antwort. Sie drückte die Klinke runter, die Tür war offen, das Fenster angelehnt, doch sein Zimmer war leer. Wo war

Marcel? Sie ging zur Garage, um nach dem Auto zu sehen, aber sein *Porsche* war da.

Vom Chauffeur hat er sich abholen lassen; der erwartete ihn in der Nähe unseres Hauses und fuhr ihn dann zur Firma – von dort aus ging er in die Grünanlage, rekonstruierte Ellen und hatte auch einen Verdacht, warum er dorthin wollte. Es war noch früh am Nachmittag und wegen des guten Wetters recht warm. Sie legte eine leichte, unauffällige Jacke in zartem Beige an und band ihr brünettes Haar zu einem Pferdeschwanz. Dann setzte sie sich eine Sonnenbrille auf und machte sich auf den Weg zur Stadt, um die Grünanlage nahe der Firma aufzusuchen.

Dort werde ich ihn finden, sagte sie sich, als sie nach einer halben Stunde Autofahrt die Anlage betrat und über die große Wiese zu den Laub- und Nadelbäumen lief, die zum Teil von Büschen umgeben waren. Wenn er in der Grünanlage ist, nahm sie an, wird er sich in einer Baumgruppe hinter dichtem Buschwerk verstecken, um was auch immer dort zu tun. Ellen suchte sich in diesem Teil der Grünanlage einen Platz, um einen guten Überblick zu haben. Dann hörte sie plötzlich seine Stimme.

»Was ist heute anders als sonst? Wie immer will ich mein Dope, bekomme es aber nicht«, beklagte er sich.

»Was ist mit dem Versprechen?«, fragte eine heisere Stimme mit dem Akzent einer südosteuropäischen Sprache, »wieder vergessen?«

»Welches Versprechen?«, wollte er wissen. Marcel war sehr erregt, »ich will meinen Stoff, sonst nichts.«

»Gibt es nicht ohne den Deal«, war die Antwort.

Durch das Gebüsch sah Ellen ihn und drei Männer, von denen einer mit ihm sprach und die beiden anderen offenbar Begleiter waren.

Als einer der Begleiter, der ihr direkt gegenüberstand, den vom

Buschwerk versteckten Ort verließ und nach draußen trat, ging sie schnell hinter einer Eiche, deren Stamm so dick war, dass sie von dem, der aus den Büschen trat, nicht gesehen werden konnte. Der Mann, der sichtbar eine Pistole unter seinem Jackett trug, machte eine Runde um die Büsche; offenbar sollte er erkunden, ob sich Polizei dort aufhielt. Denn er rief »keine Bullen«, was den anderen signalisierte, dass nichts zu befürchten war. Daraufhin traten Marcel, der Mann, der mit ihm sprach, und der zweite Begleiter auch aus dem versteckten Ort heraus; letzterer hielt Marcel mit festem Griff am Arm, als sei er verhaftet und werde abgeführt.

»Was steht nun an?«, fragte Marcel verwirrt, »was habt ihr mit mir vor?«

»Halt dein Maul«, wurde ihm rüde befohlen, »du kommst jetzt mit uns. Wir fahren dich mit dem Auto in unsere Wohnung.«

»Was soll das? Ich will das nicht«, rief er laut.

Da drückte ihm einer der beiden Begleiter eine Pistole ins Kreuz und zischte:

»Hast du nicht verstanden? Du sollst dein Maul halten, wenn du nicht umgelegt werden willst.«

Eilends liefen sie auf die Wiese zu. Die beiden Begleiter hatten Marcel zwischen sich fest im Griff.

Ellen verließ ihr Versteck; sie war sehr verängstigt, folgte den Männern beunruhigt aus allerhand Entfernung und sah sie auf den Parkplatz zugehen, der am Rand der Wiese lag. Wenn Marcel in einem Wagen transportiert wird, muss dieser ihren *BMW* passieren, um den Parkplatz der Grünanlage zu verlassen, folgerte sie. Denn ihren Wagen hatte sie vor der Firma dort geparkt, wo die Straße zum Parkplatz abzweigte. Sie setzte sich in ihr Auto und beobachtete, was auf der Straße auf sie zukam. Endlose Minuten schienen zu vergehen, bis ein Kleinbus vom Parkplatz aus die Straße entlang auf sie zufuhr. Als dieser Kleinbus an ihrem *BMW* vorbeifuhr, sah sie Marcels Kopf an eine der Scheiben angelehnt; er machte auf sie den Eindruck, bewusstlos da zu sitzen – entweder betäubt mit einer starken Spritze oder zusammengeschlagen. Der Kleinbus bog rechts in die vierspurige Bundesstraße ein, die über eine lange Strecke schnurgerade durch die Stadt verlief. Ellen ließ den Motor anspringen, drehte ihren Wagen in Richtung Abzweig, bog nach rechts in die Bundesstraße ein und verfolgte den Kleinbus, den sie weit vor sich fahren sah. Sie fuhr mit hoher Geschwindigkeit, riskierte Überholmanöver und hatte den Kleinbus fast erreicht, als er in eine Seitenstraße abbog, doch Ellen an ihm vorbeifuhr. Nach einem Wendemanöver über den Grünstreifen auf die andere Straßenseite, fuhr sie in die enge Seitenstraße ein, in die der Kleinbus abgebogen war, und versuchte ihn zu erreichen. Tatsächlich stieß sie erneut auf ihn; denn ein Lastwagen wendete in der Straße und löst deshalb einen Stau aus. Als sich dieser wieder aufgelöst hatte, konnte Ellen den Kleinbus – ausreichend entfernt – verfolgen.

Wohin wurde Marcel gebracht, fragte sie sich, warum entführten die Männer ihn, um was ging es bei dem Deal, von dem er nichts wissen wollte, obwohl er versprochen hatte, ihn einzugehen, wie der Mann, der mit ihm sprach, behauptete – war er noch am Leben? Diese Fragen trieben sie an, die Verfolgung des Kleinbusses fortzusetzen; das führte sie zu einer Hochhaussiedlung in einem Außenbezirk der Stadt. Was würde geschehen, wenn die Entführer die Stadtgrenze überschritten und sie die Einzige war, die ihnen hinterherfuhr? Das würde sicher auffallen. Doch Marcel wollte sie auf keinen Fall allein lassen, auch wenn sie nicht verstand, was ihn in diese Situation gebracht und warum er sich von ihr so weit entfernt hatte – mit allen Ausreden und Lügen, die sein wahres Verhalten verbergen sollten. Aber das war doch nicht Marcel! Sie hatte keinen Drogensüchtigen geheiratet, der sich in seinem Arbeitszimmer einschloss, um sich zu dopen, oder bis spät nachts in der Firma saß, um seiner Sucht zu frönen!

Der Kleinbus fuhr in eine Straße, die zu einer Hochhaussiedlung führte. Ellen hielt Abstand, konnte aber erkennen, wo der Wagen hielt, die Männer ausstiegen und in einem der Gebäude rasch verschwanden. Wo war Marcel? Warum hatten sie ihn nicht in das Hochhaus mitgenommen? Oder war er gar nicht mehr in diesem Kleinbus? Aber sie hatte ihn doch gesehen, als die Entführer vom Parkplatz der Grünanlage aus an ihrem *BMW* vorbeifuhren. Vielleicht hatten sie ihn grün und blau geschlagen oder ihm eine Überdosis verpasst, die er nicht überlebte – dann lag er tot im Kleinbus. Doch diese Vorstellung ertrug sie nicht und stieg aus dem Auto, ging auf den Kleinbus zu und schaute auf die Sitzreihe hinter dem Fahrersitz. In diesem Moment lief einer der Begleiter vom Hochhaus aus direkt auf den Kleinbus zu. Ellen rannte weg, wollte nicht, dass er sie sah. Aber er hatte sie gesehen und schrie: »Wer bist du? Bleib stehen! Oder ich schieße.«

Sie warf sich in einen Busch, als er auf sie schoss, und kroch tief in das Gestrüpp hinein, so dass er sie nicht sehen konnte, als er sie verfolgte, und an dem Busch vorbeilief. Endlich sah sie ihn, zu dem Kleinbus zurückkehren. Er öffnete dessen Schiebetür und zog Marcel, der leblos wirkte, aus dem Wagen raus. Da der Mann sehr kräftig war, trug er ihn auf der Schulter ins Hochhaus. Gespannt verfolgte Ellen aus dem Versteck heraus, was da geschah. Als der Begleiter mit Marcel verschwunden war, zog sie ihr Handy aus der Hosentasche und rief die Polizei.

Als Carla und Clara am frühen Abend von ihrem Ausflug an den See zurückkehrten, war die Villa leer, in der Marcel und Ellen mit ihren Töchtern wohnten.

»Niemand da?«, äußerte Carla, die mit 16 Jahren gut ein Jahr älter war als Clara.

»Beide sind weg«, sagte Clara, »vielleicht machen sie was zusammen. Aber keine Nachricht …?«

Da summten ihre Smartphones. Ellen hatte ihnen folgende SMS geschickt:

»Euer Vater wurde entführt. Ich stehe mit der Polizei vor dem Hochhaus, in dem er sich befindet. Die Lage ist unübersichtlich und allem Anschein nach auch sehr gefährlich. Macht auf keinen Fall auf, wenn jemand klingelt oder vor unserer Haustür steht und in die Villa will. Bis bald – Eure Mutter«

Diese Nachricht erschreckte sie.

»Das ist furchtbar«, sagte Clara und hatte Tränen in den Augen, »dass mit Papa etwas nicht stimmt, ist mir schon länger klar. Aber dass es so schlimm um ihn steht …«, sie brach in Tränen aus.

Carla nahm sie in ihre Arme und versuchte, sie zu beruhigen; sie sagte nichts. Da schlug jemand an die Tür und rief: »Aufmachen!«

Die beiden rührten sich nicht. Nochmals rief die Männerstimme: »Aufmachen! Oder wir schlagen die Glastür zur Terrasse ein.«

Da ergriffen Carla und Clara die Flucht. Das Wohnzimmer verließen sie rasch durch die Terrassentür und versteckten sich hinter den Rhododendronbüschen im Garten, als zwei Männer, mit Pistolen und aufgesetzten Schalldämpfern bewaffnet, um die linke und rechte Ecke des Hauses herum auf die Terrasse traten und auf alle Fenster- und Türscheiben hin zum Garten schossen. Da bemerkten sie, dass die Tür vom Wohnzimmer auf die Terrasse offenstand, da Carla und Clara sie zur Flucht genutzt hatten, und sahen sich im Garten um. Sehr weit konnte, wer da geflüchtet war, ja nicht gekommen sein. Carla und Clara befanden sich noch immer hinter den Rhododendronbüschen, die stark belaubt waren. Da die Dämmerung schon vorangeschritten war, wurden sie von den Männern nicht entdeckt. Ohne fündig geworden zu sein, bewegten sie sich zurück ins Haus und traten durch die zerschossene Glastür in das Wohnzimmer. Offenbar durchsuchten sie jetzt das Haus, wie die bewegten Lichtkegel zweier Taschenlampen glauben machten. Die beiden Schwestern hörten dann ein Auto wegfahren, das in der Nähe der Villa stand, und nahmen an, dass dies der Wagen der Männer war. Als sich nach einer weiteren halben Stunde nichts mehr tat, waren sie sich ihrer Sache sicher und beschlossen, ihr Versteck zu verlassen und über die Terrasse ins Haus zu gehen. Carla betrat das Wohnzimmer, eine heftige Explosion wurde ausgelöst, die sie am Bein schwer verletzte und zu Boden warf – ohnmächtig lag sie da. Clara wurde von vielen Glassplittern getroffen. Als sie auf Carla zuging, kam es zu einer weiteren Explosion, die Clara mit dem Kopf voraus auf einen Tisch mit Marmorplatte warf – sie war sofort tot. Die schwer verletzte Carla, die in Ohnmacht gefallen war, wusste, als sie wieder zu sich kam, nicht, was geschehen war, als sie ihre Schwester neben sich liegen sah und um sich herum das zerstörte Wohnzimmer. Da die Explosion ihr Handy beschädigt hatte, so dass es nicht mehr funktionierte, nahm sie Claras Handy, das in ihrer Hosentasche steckte und rief einen Notarzt an. Da stellte sie fest, dass ihre Schwester nicht mehr lebte, und wurde erneut bewusstlos. Sie erwachte im Krankenhaus und erfuhr, dass Clara und sie auf zwei Minen getreten waren, die die beiden Männer im Wohnzimmer gelegt hatten. Die Sprengsätze konnten die Schwestern nicht erkennen, da es dunkel war. Clara hatte ihr Leben dabei verloren, Carla ein Bein, das amputiert werden musste.

In der Dämmerung wagte es Ellen, ihr Versteck zu verlassen und bewegte sich vorsichtig zu ihrem *BMW*, um dort auf die Polizei zu warten. Der Kleinbus stand noch immer da, wo er abgestellt worden war. Aus dem Hochhaus traten drei Männer und gingen in Richtung des Wagens. Wegen der zunehmenden Dunkelheit konnte Ellen nicht erkennen, ob es dieselben waren, die sie verfolgt hatte. Als sie die Türen des Kleinbusses öffneten, einstiegen und davonfuhren, war sie sich allerdings sicher, dass sie es waren – wieder ohne Marcel. Was hatten sie ihm angetan? Da fuhren zwei Polizeiautos mit Blaulicht vor. Ellen berichtete den Polizisten, was geschehen war.

»Soeben sind die drei Männer weggefahren, die meinen Mann hier in das Hochhaus entführt haben. Aber mein Mann war nicht dabei.«

»Haben Sie Namen der Männer oder das Kennzeichen des Wagens, in dem er transportiert worden war?«, wurde sie gefragt.

»Namen habe ich nicht«, antwortete sie, »aber hier ist das Kennzeichen des Kleinbusses, in dem sie ihn hierherbrachten.«

Die Prüfung des Kennzeichens ergab, dass dies nicht zum Kleinbus gehörte, sondern gestohlen war; möglicherweise galt dies auch für den Kleinbus. Aufschlüsse über die Männer fanden sich nicht, wo sie den Kleinbus geparkt hatten.

»Wir gehen jetzt in das Gebäude und versuchen, mehr über die Flüchtigen zu erfahren. Zugleich wird nach dem Kleinbus in der Stadt und auf den großen Ausfallstraßen direkt gefahndet«, teilte ihr der Einsatzleiter mit.

»Ich komme mit Ihnen, um meinen Mann zu suchen. Haben Sie Einwände?«, wollte Ellen wissen.

»Kein Problem!«, sagte der Einsatzleiter.

Sie traten in den Eingangsbereich des Hochhauses ein und gingen auf einen Aufzug zu, der auf Ebene des Erdgeschosses stand. Als einer der Polizisten die Tür zum Aufzug öffnete, bot sich ein Bild des Schreckens. Marcel lag leblos mit blutigem Kopf auf dem Bauch. Ellen schrie auf und musste festgehalten werden, um Spuren am Tatort nicht zu zerstören. Ein Polizist prüfte, ob Marcel noch lebte – er war tot und zuvor misshandelt worden. Ermordet hatte man ihn mit einer Überdosis Heroin. Das war der Preis für seine Weigerung, sich auf den Deal zur Geldwäsche einzulassen; den hatte er versprochen, wie Ellen ahnte, doch er wollte sich nicht an diesen Deal erinnern. Jetzt war er tot wie seine Tochter Clara, was die Polizei ihr wenig später mitteilte. Ellen blieb Carla, die mit einem Bein zu einem Krüppel geworden war. Am Boden zerstört war sie, als ihr die Folgen der Katastrophe klar wurden, die sich in ihrem Haus ereignet hatte. Nichts war mehr so, wie es gewesen war. Was mit dem Tod von Marcel und Clara und einer schwer verletzten Carla für Ellen ohne Antwort blieb, war immer wieder ihre Frage: *Warum dieser Krieg?*

RACHE

»Du kannst schießen wie der Teufel«, sagte Igor voller Anerkennung, »du hast viel gelernt.«

»Das macht mir Spaß«, sagte Saskia, »Schießen ist geil.«

»Bist du oft hier im Schießstand?«, fragte er sie. Igor war Leiter der Agentenausbildung beim Geheimdienst eines südosteuropäischen Landes und prüfte in regelmäßigen Abständen die Leistungen seiner Schützlinge. Von Saskias Entwicklung war er begeistert. Auf allen Gebieten der Spionage machte sie sich sehr gut: Anbaggern, Ausfragen, Berichten, Ermitteln, Schießen, Tarnen, Verstecken, Verführen, als sei sie für den Job geboren.

»Bist du denn gern bei uns hier auf dem Balkan?«, wollte er von ihr wissen.

»Was passiert denn, wenn ich jetzt sage, dass ich alles andere als gern bei euch bin?«, gab sie zur Antwort.

Saskia hatte viel Charme, noch mehr Witz und war sehr gewandt dank ihrer raschen Auffassungsgabe. Hübsch war sie nicht, aber stets gern gesehen. Sie wirkte älter, als sie war. Auch Igor erlebte sie so.

»Das kann ich mir gar nicht vorstellen, dass du nicht gern bei uns bist«, gab er zurück, »so stark verstellen kannst doch selbst du dich nicht.«

»Weißt du, warum ich hier bin?«

»Du wirst dich für diese Ausbildung beworben haben. Stimmt's?«

»Nein, stimmt nicht. Aber du hast damit nichts zu tun, wie ich vermute. Jedenfalls kann ich es mir nicht vorstellen.«

»Mit was habe ich nichts zu tun. Das musst du mir erklären.«

»Besser nicht«, sagte Saskia, »das willst du nicht wissen.«

»Das ist nicht fair.«, protestierte er, »du machst mich erst neugierig, aber erzählen willst du mir nichts.«

»Na gut«, erwiderte Saskia, »wenn du willst, erzähle ich dir, warum ich hier bin.«

»Ich bin gespannt«, merkte Igor an.

»Mein Vater ist der Vorstandschef einer sehr erfolgreichen Firma gewesen, die Automobilunternehmen wichtige Komponenten zur Herstellung von Fahrgestellen liefert. Die Firma, die mein Vater leitete, hat ihren Hauptsitz in einer Stadt in Süddeutschland. Meine Familie wohnt nicht in der Stadt, sondern auf dem Lauf in der Nähe eines Dorfes. Auf einem parkähnlichen Anwesen steht mit einem Vorderhaus und zwei Seitenflügeln eine geräumige Villa, die von einem Garten mit einer großen Wiese umgeben ist. Im Innenhof dieser Villa, die gegenüber dem Vorderhaus zum Garten hin offen ist, feierten meine Eltern alljährlich ein Sommerfest mit bis zu hundert Gästen: Familienmitglieder, Kollegen des Firmenvorstands, Freunde und Bekannte aus nah und fern. Für alle, die an dem Sommerfest teilnahmen, war dieses Ereignis ein Höhepunkt mit gutem Essen, leckerem Wein, Musikband, Tanzfläche und Unterhaltung. Vor eineinhalb Jahren fand das Sommerfest zum zehnten Mal statt, hatte sein erstes Jubiläum. Dass dieses zehnte Mal das letzte Mal werden würde, ahnten die Gäste und meine Eltern nicht. Doch nach dem Festmahl und der ersten Tanzrunde kann es zu einem schrecklichen Blutbad. Eine Gruppe, die sich die »vermummten Gerechten« nannte, stürmte den Innenhof vom Garten aus und schossen wie wild auf die Gäste. Ermordet wurde mein Vater, drei meiner Geschwister, der Finanzvorstand der Firma und ihr Justiziar. Ob es weitere Tote gab und was weiter an diesem Abend geschah, ist mir nicht bekannt. Auch habe ich nichts mehr von meiner Mutter und meinem ältesten Bruder gehört. Denn ich wurde entführt wie auch die jungen Ehegattinnen zweier Firmenvorstände. Wir wurden gefesselt und geknebelt auf die Pritsche eines Kleinlasters geworfen, der uns in eine Hochhaussiedlung am Rand der Stadt brachte, in der die Firma ihren Hauptsitz hat. Vor einem der Hochhäuser wurden wir ausgeladen, in eine Wohnung geführt und dort für ein paar Wochen als Gefangene gehalten.

Martina, eine von uns, war nach einer Woche so geschickt gewesen, sich von den Fesseln zu befreien und die Wohnung zu verlassen. Doch auf dem Weg zum Aufzug haben sie die Entführer erwischt. Sie wurde gefesselt und in die Badewanne der Wohnung geworfen, in der wir waren. Dort stachen zwei Entführer mehrfach mit Messern auf sie ein und ließen sie qualvoll verbluten. Offenbar sollte das ein Exempel sein. Doch das hielt Helga nicht ab, drei Tage später einem der Entführer seine Pistole zu stehlen und ihn damit in Schach zu halten. Im Umgang mit Schusswaffen war sie – kaum überraschend – nicht geschult. Als dann ein weiterer Entführer in die Wohnung trat und sah, dass sie seinen Kumpan in ihrer Gewalt hatte und zu erschießen drohte, aber nicht verstand, sich mit seinem Körper ausreichend Schutz zu geben, befreite er ihn mit zwei Schüssen auf Helga, die sofort tot zu Boden ging. Beide Leichen wurden nachts in Teppiche eingerollt und auf einem Schrottplatz in den Kofferraum eines großen SUVs gepackt, der am nächsten Tag in die Presse kam. Das erfuhr ich, als Helgas und Martinas Leichen abgeholt wurden. Nach Ablauf der beiden Wochen wurde mir mitgeteilt, dass ich an einen Geheimdienst verkauft werden sollte – aller Voraussicht nach an den eines Balkanstaates. Doch das zog sich hin, so dass ich weitere zwei Wochen in dem Gefängnis der Wohnung war. Von meinen Eltern und Geschwistern habe ich, wie gesagt, bis heute nichts gehört. Auch vom Ausgang des Überfalls, der

Anzahl der Toten und Verletzten erreichte mich keine Nachricht. Mitgeteilt wurde mir, dass der Anschlag auf das Fest verübt worden war, um sich an dem Firmenvorstand unter der Leitung meines Vaters zu rächen und zwar für skrupellose Ausbeutung und menschenunwürdige Behandlung der Beschäftigten von Firmenniederlassungen in Ländern des globalen Südens. Das war, wie ich vermute, auch der Grund, warum die Entführer kein Lösegeld von meiner Mutter und meinem Bruder Marcel gefordert hatten, die, soweit ich weiß, diesen Überfall überlebt haben: Mit dem Geld meines Vaters wollten sie nichts zu tun haben und brauchten es wohl auch nicht. Vom dem verbliebenen Rest meiner Familie weiß ich, wie ich sagte, nichts, und niemand weiß von mir. Seit eineinhalb Jahren habe ich keinen Kontakt mit meiner Mutter und Marcel, noch haben sie irgendein Lebenszeichen von mir erhalten.

Als ich entführt wurde, war ich siebzehn und hatte noch ein Jahr bis zu meinem Abitur. Das Abitur habe ich bis heute nicht und deshalb die Schule nicht abgeschlossen. Als man mich endlich an einen Geheimdienst übergeben hatte, sollte ich Aufträge als Prostituierte übernehmen; dafür schien ich den Bossen des Dienstes gut geeignet. Doch als sich ein wohlhabender Freier in mich verliebte und auf den Gedanken kam, mich freizukaufen, wurde ich dort abgezogen und an deine Abteilung überführt, um im Umfang von einem Jahr eine Ausbildung als Spionin zu absolvieren. So bin ich hierher und zu dir gekommen und werde voraussichtlich bald mit Aufträgen wohin auch immer in die Welt geschickt. Keinen Schulabschluss habe ich, sondern nur diese ›Ausbildung‹ und bin weiterhin abhängig von dem Dienst, der mich mit ein paar Schüssen aus meinem Colt aus dem Weg räumen wird, wenn ich nicht funktioniere, aber der Welt erklärt, dass mich der Tod entweder bei einer Aktion erwischte oder ich ihn mir selber gab, da ich mit den Anforderungen und Erwartungen des Dienstes nicht mehr klargekommen bin.«

»Du bist tapfer«, äußerte Igor anerkennend, ging aber nicht auf ihr Schicksal ein, von dem sie ihm berichtet hatte, »sicher wirst du als Geheimagentin sehr erfolgreich sein.«

In den folgenden Jahren war Saskia dann in vielen Ländern als Agentin tätig und erlebte vieles, was diese Profession umfasst. Dabei arbeitete sie weniger für das Land, in dem der Geheimdienst, dem sie angehörte, lokalisiert war, sondern mehr für Staaten, die für Spionagezwecke Dienste anderer Staaten beauftragten. Das hatte politische Gründe im Regelfall; denn der Staat, der Agenten anderer Länder unter Vertrag nahm, wollte das Risiko umgehen, mit eigenen Agenten aufzufliegen und damit schwere Krisen auszulösen. Mit dem Modell, Leistungen für Spionage einzukaufen, sah Saskia gute Chancen, in ihre Heimat zurückzukehren. Aufträge zur Wirtschaftsspionage in der Firma, die ihr Vater geleitet hatte, hätten sich dafür als sehr hilfreich herausgestellt. Dies trat tatsächlich ein – zu ihrer großen Überraschung. Mit einer Identität, die sie nicht als Tochter Florian Semmerings offenbarte, sondern von ihrer Familie weit entfernte, wurde sie in der Firma als Agentin aktiv, indem sie in der Stadt zunächst als Escort-Girl tätig war. So erhielt sie überwiegend von Personen, die nicht in der Firma wirkten, zahlreiche Informationen über den Vorstandschef, über die Vorstandsmitglieder und über die Abteilungsleitungen. Zudem erfuhr sie auf diese Weise, dass ihr Bruder Marcel ihrem Vater in Vertretung als Vorstandschef gefolgt war, doch den Anforderungen, die mit diesem Job zusammenhingen, nicht genügen konnte. Nachdem er starkem Drogenkonsum verfallen war, sei er von einem Kartell, das illegalen Autohandel betrieb, mit einem Deal über Geldwäsche erpresst worden; dieser Deal sollte in großem Stil über die Firma erfolgen. Da Marcel sich darauf nicht einlassen wollte, sei er entführt und ermordet worden. Eine seiner Töchter sei von den Erpressern mit einer Bombe getötet worden, die andere schwer verletzt. Als Saskia dazu berichtet wurde, erinnerte sie diese Taten; während ihrer Ausbildung zur Agentin hatte sie davon erfahren, ohne es mit ihrer Familie in einen Zusammenhang zu bringen. Die Erpressung und Ermordung Marcels wie der Anschlag auf seine Villa hatten nun ihrer Vermutung nach Agenten ausgeführt, die zu demselben Dienst wie sie gehörten – ihre Kollegen waren das. War die Wohnung in dem Hochhaus, in der man sie für vier Wochen gefangen hielt, dieselbe, in der Marcel ermordet wurde? War diese Wohnung im Besitz des Dienstes?

Ein paar Wochen später fuhr Saskia zum Semmeringschen Familiensitz und war überrascht, dass die Villa unbewohnt und komplett verschlossen war. Von der Terrasse her brach sie durch eine versenkte, unverschlossene Klappe über den Keller in das Vorderhaus ein. Das Gebäude war stark verwahrlost und in einem erbärmlichen Zustand, stellte sie fest. Als sie in den ehemals prächtigen Festsaal trat, die herunterhängenden Tapeten, die Fenster ohne Scheiben und die zerschlagenen Tische und Stühle erblickte, setzte sich Saskia auf einen der noch benutzbaren Stühle und weinte das erste Mal, seit sie auf dem Sommerfest entführt worden war. Was war hier geschehen? Wo war ihre Mutter? *Warum dieser Krieg*, in dem auch sie als Agentin aktiv beteiligt war? Sie verließ die Villa, nachdem sie sich in ihrem ehemaligen, vollkommen ausgeräumten Zimmer umgezogen hatte, um im Dorfgasthof dem Verbleib ihrer Mutter nachzugehen; dort würde man wahrscheinlich wissen, wo sie war, sagte sie sich. Ohne erkannt zu werden, betrat sie das Lokal und bestellte sich eine kräftige Mahlzeit; dabei fand sie Gelegenheit, den Wirt zu den Ereignissen rund um den Semmeringschen Familiensitz zu befragen.

»Wohnt hier nicht eine Familie Semmering?«, wollte sie von ihm wissen, als er ihr die bestellten Käsespätzle mit einem frischen, gemischten Salat und einem Glas Weißwein brachte.

Der Wirt sah sie überrascht an und antwortete nicht gleich; nach einer Pause fragte er sie:

»Waren Sie schon einmal hier oder ist es das erste Mal?«

»Hier bin ich zum ersten Mal«, erwiderte Saskia, »vor ein paar Jahren hatte ich mit Florian Semmering Kontakt, als es um Maßnahmen zur Professionalisierung seiner Führungskräfte ging. Da hat er mir von seinem Anwesen hier erzählt.«

Der Wirt wirkte äußerst verwirrt und schien nicht recht zu wissen, wie er sich verhalten sollte – das war jedenfalls Saskias Eindruck. War er im Zweifel darüber, ob sie ihm tatsächlich fremd war und er sie hier zum ersten Mal sah oder ob er nicht schon mit ihr zu tun gehabt hatte? Kam er mit ihrer Mitteilung nicht klar, dass sie »die Führungskräfte Florian Semmerings professionalisierte«? Sie hatte ihm das gesagt, damit er gegenüber anderen im Dorf, denen er von ihrem Besuch in seinem Gasthof erzählte, etwas mitteilen konnte, warum sie mit Semmering in Kontakt gewesen war, ohne zu wissen, was »Professionalisierung von Führungskräften« tatsächlich ist.

»Wollen Sie mit mir darüber nicht sprechen?«, fragte sie ihn, »ist es Ihnen peinlich, mir von den Semmerings zu erzählen? Oder liegen Sie mit der Familie im Streit?«

»Was dieser Familie passierte, wissen Sie offenbar nicht«, gab er zur Antwort, »ich muss rasch noch etwas erledigen und bin gleich wieder da.«

Saskia begann zu essen und freute sich an den wunderbaren Käsespätzle mit gemischtem Salat, wie es für dieses Gericht ihrer Heimat typisch ist, und am Wein. So lecker zu essen und zu trinken – das war für sie lange her. Mit dieser Mahlzeit fühlte sie sich zu Hause und hätte vor Glück darüber weinen können wie über das Unglück ihrer Familie. Wo war ihre Mutter? Sie hatte doch noch gelebt, als die »vermummten Gerechten« sie, Saskia, entführten.

Nachdem er sich mit einer Zigarette wieder gefasst hatte, kam er zu ihr zurück, setzte sich mit einem Glas Wein an ihren Tisch und begann zu erzählen, während Saskia weiter die Spätzle genoss.

»Alljährlich haben Florian Semmering und seine Frau Florence seit Mitte der 2000er Jahre ihre Familie, Kollegen aus der Firma und viele Bekannte und Freunde zu einem Sommerfest eingeladen – ein super Event! Vor ein paar Jahren endete das Fest mit einem Blutbad und fand seither nicht mehr statt. Eine Terrorgruppe, die sich die »vermummten Gerechten« nannte, überfiel die Gäste des Festes nach dem Dinner und erschoss Florian Semmering, drei seiner Kinder und zwei Firmenvertreter. Florence, seine Frau, und Marcel, sein ältester Sohn, überlebten den Anschlag. Saskia, die jüngste der Geschwister wurde an einen unbekannten Ort entführt. Niemand hat seither von ihr gehört. Ein halbes Jahr nach dem Überfall hatte Florence die Villa räumen lassen, weil sie nach diesem Anschlag und seinen Folgen für ihre Familie nicht mehr hier leben wollte, sondern sich vornahm, ein neues Leben am Bodensee zu beginnen. Am Tag, an dem sie vormittags die Villa verließ, wurde ein Bombenanschlag auf sie verübt. Als sie ihren Wagen startete, wurde sie offenbar von der Explosion aus ihrem *Benz* gerissen und blutüberströmt auf die steinerne Treppe des Vorderhauses geworfen; dort wurde sie tot aufgefunden – seither steht die Villa leer.«

Unmerklich zuckte Saskia zusammen, die von dem Bericht des Gastwirts äußerst berührt war, fasste sich an die Nase, um nicht zu weinen, und nahm einen kräftigen Schluck von dem vorzüglichen Wein.

»Was ist mit Marcel?«, war ihre nächste Frage.

»Ein trauriges Schicksal! Bis zur Wahl eines neuen Chefs wollte er seinen Vater vertreten. Doch damit hatte er sich überfordert. Aus Gründen, die ich nicht kenne, wurde Marcel ermordet aufgefunden. Eine seiner beiden Töchter wurde von einem Sprengsatz, der in seinem Haus gelegt worden war, in die Luft gejagt – sie ist tot!«

»Wer war die Gruppe der »vermummten Gerechten? Hat sie sich auch zu dem Anschlag auf Semmerings Frau bekannt?«

»Das weiß ich nicht so genau«, antwortete der Wirt, »soweit es der Zeitung zu entnehmen war, handelte es sich bei dem Überfall auf das Sommerfest um einen Racheakt für die Geschäftspraktiken Florian Semmerings in Ländern der Dritten Welt. Ich nehme an, dass dieser Racheakt der Gruppe die gesamte Familie Semmering treffen sollte.«

»Von Saskia ist allem Anschein nach nichts bekannt«, stellte sie fest, »vielleicht ist sie noch am Leben. Aber niemand weiß, wohin sie geraten ist und wo sie gesucht werden soll. Gibt es polizeiliche Erkenntnisse, die zur Aufklärung dieses Überfalls führen?«

»Mir ist nichts bekannt«, sagte der Wirt, »ich fürchte, dass die Polizei auf der Stelle tritt. Das waren Profis, die das Sommerfest überfielen und weitere Anschläge tätigten.«

»Haben Sie Angst? Sind die Dorfbewohner verunsichert?«

»Mit dem Blick auf die zerstörte Villa werden wir täglich an den Terror erinnert wie an die Ruinen eines verlorenen Kriegs. Dergleichen kann wieder passieren und auch das ganze Dorf treffen. Warum nicht?«

Ihre Spätzle hatte Saskia fast aufgegessen. Während der Wirt über ihre Mutter und Marcel berichtete, war sie dafür zu aufgeregt. Der Rest, den sie auf dem Teller liegen ließ, war kalt geworden. Sie trank das Weinglas aus.

»Ich hoffe, dass Saskia noch am Leben ist«, merkte er an und nahm ihren Teller, »sollte sie wieder zurückkehren, wird sie mit dem Semmeringschen Familiensitz vielleicht einen Neuanfang starten.«

»Das ist schwer zu prognostizieren«, war ihre Antwort, »ich danke Ihnen für Ihre Informationen.« Sie bezahlte und stand auf, »dass es zu so etwas kommen konnte, hätte ich in dieser friedlichen Gegend nicht für möglich gehalten. Doch jetzt weiß ich, wie es um die Semmerings steht.«

Als sie wieder in ihrem Auto saß, legte Saskia ihren Kopf auf das Lenkrad und heulte los. Dass außer ihr die gesamte Familie Semmering den Anschlägen der »vermummten Gerechten« zum Opfer gefallen war, ließ sie in den Abgrund der Geschehnisse schauen, die sie schockierten: Hatten ihre Eltern, ihre Geschwister das verdient? *Warum dieser Krieg*, der nichts änderte, sondern immer nur weitere Opfer forderte, Morde, die von ihren Kollegen und von ihr vorbereitet oder ausgeführt wurden, Morde die gut bezahlt wurden, um vermeintlich menschenunwürdige Geschäfte zu rächen, Morde, die begangen wurden, um Geld zu verdienen, Morde »vermummter Gerechter«, die nicht wissen, wie man Gerechtigkeit schreibt und warum Justitia mit einer Binde vor den Augen ihre Urteile spricht? Der Schock über ihre ausgelöschte Familie löste diese Fragen aus und zugleich eine unfassbare Wut auf ihre Auftraggeber. Denn mit dem Bericht des Gastwirts war ihr klar geworden, dass die Gruppe der »vermummten Gerechten« von dem Geheimdienst, an den man sie verkauft hatte, für den Überfall trainiert und einschlägig präpariert worden war. Doch wie sie vermutete, hatten Agenten ihres Geheimdienstes Marcel unter Einschluss seiner Tochter ermordet hatte, der auf ihre Erpressungsversuche nicht eingegangen war. Saskia schwor sich Vergeltung und begann den Racheakt an ihren Auftraggebern mit einem Blutbad zu planen. Keiner der

»vermummten Gerechten« würde von ihr verschont bleiben, sondern grausam für seine Untaten büßen.

Der Zufall wollte es, dass der Nachfolger Marcels eine Stabsstelle für interne Unternehmenskommunikation ausschreiben ließ, auf die sich Saskia erfolgreich bewarb. Die Stelle passte bestens zu ihrem Auftrag und öffnete ihr unerwartet viele Türen, die ihr sonst verschlossen geblieben wären. Kaum hatte sie die Stelle angetreten, veranstaltete sie Coachings, Schulungen, Workshops, um die Beschäftigten auf die Ziele des Unternehmens einzuschwören, zu einer besseren Kommunikation und Zusammenarbeit zu bewegen und sie für eine Unternehmenskultur zu gewinnen, die Führung, Förderung, Nachhaltigkeit wie auch Wertschätzung versprach. Auf diese Weise erhielt sie tiefe Einblicke in die Firma und ihre Produktionsprozesse, Vertriebs- und Kundenstrukturen, Markt- und Organisationsentwicklung. Von ihrem Vorgehen und den sich einstellenden Erfolgen war der Vorstand äußerst beeindruckt. Sie trug zur korporativen Weiterentwicklung der Beschäftigten und damit zu einer Intern-Kommunikation der Firma bei, wie sie noch niemandem, der sich bisher daran versucht hatte, gelungen war. Vorgeschlagen wurde, sie in den Vorstand aufzunehmen, um die Potenziale ihrer erfolgreichen Weiterentwicklungskonzepte firmenweit auch in Niederlassungen anderer Länder zu nutzen; davon versprach man sich viel. Saskia war glücklich über den Verlauf ihrer Karriere, als sie in den Vorstand berufen wurde – ein großer Erfolg für ihren Auftrag und eine passende Voraussetzung für ihre Rache, wie sich bald herausstellen sollte.

Nachdem sie ein gutes halbes Jahr im Vorstand war, meldete sich der stellvertretende Leiter des Geheimdienstes bei ihr und fragte, ob an ihrem gegenwärtigen Standort ein Treffen möglich sei und ihre Zeit es erlaube, wichtige Themen dort zu besprechen. Der Dienst wolle expandieren und sehe dafür gute Chancen in der Region, in der sie jetzt tätig sei und eine beachtliche Karriere mache. Für die Expansion des Dienstes sei das von großem Vorteil und ebensolcher Bedeutung – diese einmalige Chance müsse nun rasch genutzt werden. Saskia antwortete, dass sie sich über den Besuch sehr freue und den Kollegen gern hier in Empfang nehmen werde. Gespannt sei sie, um welche Themen es gehe.

Für längere Zeit hörte sie nicht mehr von dem Besuch. Doch ihr war klar, dass sie nun unter strenger Beobachtung stand; sie fragte sich, wer aus der Firma auf sie angesetzt sei. Dabei kam es ihr vor allem darauf an, nicht als Saskia Semmering aufzufliegen. Bisher hatte sie die Identität, mit der sie sich tarnte, in der Firma davor geschützt, mit der Familie Semmering in Verbindung gebracht zu werden. Doch der Dienst wusste von ihrer Herkunft und war in der Lage, sie zu erpressen oder preiszugeben – Grund für Saskia, sich ihrem Auftraggeber gegenüber äußerst loyal zu zeigen. Der angekündigte Besuch war dann plötzlich in der Stadt – es war Igor.

»Zunehmend erhalten wir Aufträge aus Ländern, die ihre wirtschaftlichen Potenziale verbessern oder stärken wollen. Für die Erkundung von Produktionsverfahren und Vertriebsstrukturen, insbesondere um Patente oder Keyplayer zu ermitteln, die beauftragende Länder unterstützen und konkurrierende schädigen können, geht es in unserem Dienst zunehmend um Aktionen auf dem Gebiet der Industriespionage«, trug Igor vor, um Saskia bei einem Mittagslunch in den Auftrag einzuführen, der zu seinem Besuch geführt hatte, »du hast uns mit den Berichten zu deinem Einsatz hier vom Erfolg und Nutzen für Industriespionage überzeugt. Mit Hilfe deines Themas der

Intern-Kommunikation wollen wir dieses Geschäftsfeld ausdehnen und intendieren so einen besseren Ausgleich zwischen armen und reichen Ländern.«

»Wollt ihr den Dienst tatsächlich zu einer Organisation mit einem solchen Anspruch entwickeln, der einer gerechten Sache dient?«, fragte Saskia spitz, »das würde mich sehr überraschen.«

»In der Tat soll es in diese Richtung gehen«, bestätigte er, »wir brauchen Unterstützung für unseren Dienst von außerhalb, um ihn landesintern besser zu legitimieren als bisher.«

»Für einen Geheimdienst ist dieses Vorgehen ungewöhnlich«, bemerkte sie, »habt ihr auch Leute dafür?«

»Hier in der Industrieregion und in zwei weiteren Ländern Europas wollen wir Niederlassungen gründen, um die Aktivitäten, die wir verfolgen, besser zu koordinieren. In dieser Region soll die Zentrale sein. Dir kommt dabei eine herausragende Rolle zu.«

»Das verstehe ich nicht«, äußerte sie, »wie soll eine Niederlassung hier funktionieren?«

»Wir bieten Consulting zu preiswerten Konditionen an«, antwortete er, »und werden auf diese Weise Firmen mit Erfolg infiltrieren.«

»Consulting wofür?«, wollte Saskia wissen.

»Das muss noch konkreter festgelegt werden. Wir müssen möglichst interessante und geeignete Unternehmen finden, in denen wir ausreichend Leute dafür gewinnen.«

»Welche Rolle soll mir dabei zukommen?«, wollte sie wissen.

»Kommunikation in Unternehmen, wie du sie betreibst, hat uns gezeigt, wie erfolgreich diese Vorgehensweise ist. Allerdings wollen wir nicht nur firmenintern aktiv sein, sondern auch außerhalb einen Anlaufpunkt bieten; das schafft uns größere Handlungsspielräume und mehr Unabhängigkeit für Aktionen, die firmenintern immer Risiken bergen. Für die Niederlassung dieser

Consultingfirma hier sollst du die Leitung übernehmen und die Aktionen koordinieren, die vor Ort und darüber hinaus zu erwarten sind. Denn perspektivisch wirst du auch für die Filialen verantwortlich sein, die voraussichtlich in den Niederlanden und in Norwegen entstehen.«

»Meinen Job in der Firma werde ich aufgeben müssen …«

»… das wird so sein. Aber der Wechsel wird sich lohnen. Was du als Leiterin unserer Niederlassung hier verdienst, wird dich mit Sicherheit nicht enttäuschen – im Gegenteil! Dein erster Auftrag in diesem Zusammenhang wird allerdings unabhängig vom neuen Gehalt erfolgen. Dabei geht es um deine Nachfolge in der Firma, die für uns genauso erfolgreich und gewinnbringend tätig sein soll wie du.«

»Wo soll die Consultingfirma ihre Büros und Seminarräume haben? Gibt es dazu schon Ideen?«

»Bevor ich zu dir kam, habe ich mir das Anwesen deiner Eltern von fern angesehen. Die Villa ist offenbar unbewohnt. Ihre Fenster sind mit Lochgittern verschlossen, die Türen vermutlich verriegelt, um sie vor unbefugtem Zutritt zu schützen.«

»Wollen wir uns die Villa einmal ansehen, sobald wir mit dem Mittagslunch fertig sind? «, schlug sie vor, »ich habe mir den ganzen Tag für dich frei genommen.«

»Gute Idee!«, antwortete er, »hast du denn einen Schlüssel, um die Türen der Villa zu öffnen?«

»Nein, aber einen Zugang – das genügt. Ich wollte mich nicht mit der Frage nach einem Schlüssel verraten. Ich vermute, dass die Frau meines toten Bruders Marcel einen Schlüssel hat.«

Eine knappe Stunde fuhren sie mit Saskias Wagen zu dem verlassenen Anwesen der Semmerings. Es war gegen drei Uhr, als sie das Auto auf einem Parkplatz am Eingang des Dorfes abstellten; dort standen noch andere Wagen. Um nicht aufzufallen, liefen sie nicht durch das Dorf, sondern gingen auf einem Wanderweg zu der Villa, der sie um das Dorf herum durch den Wald dorthin führte. Viel zu erzählen hatten sie sich nicht, gingen schweigend nebeneinanderher und genossen in frischer Luft die Sonne am Spätnachmittag, die den Wald in herbstliche Farben tauchte. Saskia war irritiert, ohne es sich anmerken zu lassen, dass ausgerechnet der Semmeringsche Familiensitz der Niederlassung des Dienstes als Herberge dienen sollte: War das ein Hinterhalt oder ein Test? Aus dem Wald heraus liefen sie auf das Anwesen zu und erreichten die Terrasse, ohne dass sie jemand vom Dorf aus bemerkte. Der Zaun, der das Anwesen früher vor ungebetenen Gästen schützte, hatte zahlreiche Lücken und war kein Hindernis mehr.

Auf der Terrasse lief Saskia zu der im Boden versenkten Platte, über die sie bereits beim letzten Besuch das Gebäude betreten hatte. Sie ging voraus und drückte, als sie die Leiter zum Keller heruntergestiegen war, den Button für die Taschenlampe auf ihrem Handy, so dass Igor erkennen konnte, wo sie stand.

»Diesen Gebäudezugang kennt niemand außer mir«, sagte Saskia, »die Klappe ist der Zugang zur Sickergrube, die sich hier befindet, aber außer Betrieb ist, seit die Villa von meinen Eltern bezogen wurde. Sei sorglos! Hier findet sich niemand, der uns etwas antun könnte – dieser Weg in das Vorderhaus ist absolut *safe*.«

»Gut, dass du das sagst«, erwiderte er und steckte seine Pistole zurück in das Halfter, das er unter der Jacke trug; offenbar hatte er sie aus Gewohnheit gezogen.

»Wir gehen zuerst durch die Räume des Vorderhauses und dann in den Trakt, in dem sich mein Zimmer befand. Ist das O.K. für dich?«

»Ist in Ordnung«, sagte er, »du kennst dich besser hier aus als ich.«

Über die Kellertreppe gelangten sie in den Eingangsbereich der Villa, und sie zeigte ihm den Festsaal, das Empfangszimmer, das Esszimmer und die Küche. Dann ging es in den Seitenflügel mit den Zimmern der Geschwister und der Au-Pair-Girls. Zuletzt ging Saskia mit Igor in das Zimmer, das sie früher bewohnt hatte und ein Fenster zur Terrasse wie eines zum Wald hin bot. Während sie an dem Fenster zum Wald hin stand, durch das Lochblech hinaussah und ihm den Rücken zukehrte, stand Igor an dem anderen Fenster mit Blick auf die Terrasse und äußerte:

»Das Gebäude bietet hervorragende Möglichkeiten, Büros jeder Art sowie Räume für Workshops und Schulungen einzurichten und ist deshalb bestens für die Niederlassung geeignet. Sobald die Villa neu ausgebaut und renoviert worden ist und der Betrieb in dieser wunderbaren Umgebung läuft, wirst du dein früheres Zimmer als Büro oder Rückzugsort haben. Ist das nicht eine fantastische Perspektive für dich, quasi wieder zu Hause zu sein?«

Saskia sagte dazu nichts, sondern nestelte in ihrer Handtasche, als suche sie sich ein Taschentuch.

»An wen müssen wir uns denn wenden, um einem Erwerb des Anwesens näherzutreten?«

»Am besten an mich«, erwiderte sie, drehte sich um und gab mit ihrer schallgedämpften Pistole drei Schüsse auf Igor ab; das waren Volltreffer – er war sofort tot. Wenig erstaunt war sie, dass auch er eine Pistole in den Händen hielt. Offenbar war er nicht bereit gewesen, sich für den Kauf der Villa an sie zu wenden. Einfacher erschien ihm der Weg über Erpressung und Waffengewalt – doch sie war schneller als er ...

Saskia nahm ihm sein Handy, seine Papiere und seine Pistole ab und schleppte seine Leiche aus ihrem Zimmer in den Keller; das schaffte sie, weil sie Krafttraining machte, Igor kleinwüchsig war und nicht viel wog. Seine Leiche warf sie in die Sickergrube, die außer Betrieb auf dem Rückweg zu der Terrasse im Innenhof lag; von dort aus lief sie durch den Wald zu ihrem Auto zurück und sprach mit sich selbst:

»Ihr Schweine habt die Gruppe der »vermummten Gerechten« trainiert, die meine Familie ermordet hat. Marcel erpresst und umgebracht hat diese Gruppe, wie ich vermute, auch und dabei seine eine Tochter getötet und die andere zum Krüppel gemacht, sofern das nicht von euch selbst unternommen wurde. Nun wollt ihr meinen Familiensitz haben, um mit eurem schmutzigen Handwerk zu einer ›besseren‹ Welt beizutragen und mich dafür zu missbrauchen – scheinheilig wie ihr seid mit einem guten Gehalt und meiner Rückführung in die Heimat. Schämt ihr euch nicht? Für mich kommt das nicht in Frage, das ist zu viel, so einen Deal könnt ihr mit mir nicht machen. Ich antworte auf das Angebot der Leitung eurer Consultingfirma hier mit einem Toten, den ich in meinem früheren Zimmer erschossen habe und der jetzt in der Sickergrube liegt – das ist Igor, den ihr lange sucht, aber nicht finden werdet.«

Auf dem Rückweg zu ihrem Auto warf sie Igors Pistole und sein Handy ohne den Chip in einen Tümpel, der hinter ein paar Bäumen versteckt am Rand des Wanderwegs lag. Den Chip zerbrach sie in kleine Stücke, die sie ins Laub des Waldes warf, seine Papiere behielt sie bei sich. Mit dem Auto fuhr sie in die Stadt zurück und stellte es auf einem leeren Parkplatz am Standrand ab; dort wurde nur am Wochenende geparkt, wenn es auf Wanderschaft ging. Mittlerweile war es fast 18:00 Uhr. Sie schraubte die Nummernschilder ihres Wagens ab, zerlegte sie mit einer Metallschere, die sich im Werkzeugkasten ihres Autos befand, in kleine Teile, so dass das Kennzeichen nicht mehr lesbar war, und verteilte die

Metallstücke im Innern des Wagens. Weiterhin zerstörte sie die ID des Autos an der unteren Seite des Fahrgestells wie auch an allen anderen Stellen, wo sie eingraviert war. Dann legte sie einen Sprengsatz unter die Motorhaube und einen weiteren an den offenen Tank. Aus rund hundert Meter Entfernung löste sie die beiden Sprengsätze aus. Das Auto flog in die Luft, brannte aus und ließ sich nicht mehr identifizieren – niemand kam dabei zu Schaden.

Eilends lief Saskia zur nächsten Bushaltestelle, an der keine Wartenden standen und stieg in den Bus, der Minuten später eintraf und sie in die Nähe des Hochhauses brachte, in der sich ihre Wohnung befand. Dort stand ein gepackter Koffer, den sie zum Bahnhof mitnehmen wollte. Sie hatte den Mord an Igor im Voraus geplant wie auch ihre Flucht für zwei Wochen nach Rio, um sich den nun einsetzenden Fahndungen der Polizei und ihres Dienstes zu entziehen. Sie stieg in den Aufzug im Eingangsbereich des Hochhauses, um in die 15. Etage zu fahren. Die Hochhaussiedlung war dieselbe, in die Marcel entführt worden war. Aber er war in einem anderen, weit von ihrer Wohnung entfernten Hochhaus ermordet worden. Etwa auf der Höhe des 6. Stockwerks blieb der Aufzug stehen. Saskia drückte mehrfach den Notfallknopf – keine Reaktion. Sie hämmerte gegen die Aufzugtüren – auch das half nicht. Hatte der Dienst Igors Tod bemerkt, machte er sie dafür verantwortlich und hielt sie fest? Sollte Igor sie ausschalten, weil sie zu einflussreich wurde – doch sie kam ihm zuvor? Oder sollte sie Igor beseitigen, damit der Dienst etwas gegen sie in der Hand hatte für den Fall, dass sie fliehen wollte? Wirre Fragen wie diese beschäftigten sie, obwohl nichts für diese Vermutungen sprach. Doch sie war auf der Flucht und steckte in einem Aufzug fest, der stehen geblieben war; sie kam nicht voran – das machte sie wahnsinnig. In einer Stunde fuhr ihr Zug, der sie in eine Stadt mit einem großen Flughafen bringen sollte; von dort aus hatte sie einen Nachtflug nach Rio gebucht. Mit voller Wucht presste sie ein weiteres Mal den Notrufknopf. Zu ihrer Überraschung setzte sich der Aufzug jetzt wieder in Bewegung – sie atmete auf.

Als sie auf der 15. Etage war, raste sie zu ihrer Wohnung, schloss auf und ergriff den Koffer, in dem sich ihre Kleider und weitere Utensilien befanden, und schulterte einen Rucksack mit Unterlagen und ihrem Laptop. In eine Plastiktüte steckte sie ihre Waffe und Munition mit einer Visitenkarte des Escort-Clubs, für den sie zu Beginn ihres Aufenthalts am Firmensitz tätig war. Ihr Türschloss tauschte sie aus und warf das Schloss, für das der Hausmeister auch einen Schlüssel besaß, ebenfalls in die Plastiktüte. Dann verschloss sie die Wohnung. Trotz schweren Gepäcks nutzte sie das Treppenhaus, um nicht ein weiteres Mal im Aufzug stecken zu bleiben. Dabei wäre sie mit dem schweren Koffer fast die Treppe heruntergefallen. Zugleich fürchtete sie, dass der Ausgang des Treppenhauses, der in den Eingangsbereich des Hochhauses führte, verschlossen war. Doch dem war nicht so; problemlos konnte sie das Gebäude verlassen und fand erleichtert draußen das Taxi vor, das sie vor eineinhalb Stunden ohne Nennung von Namen und Telefonnummer allein mit Angabe der Straße des Hochhauses, das sie bewohnte, bestellt hatte und sie erwartete. Mittlerweile war die Zeit knapp geworden, um davon auszugehen, dass sie den Zug in die Stadt mit dem Flughafen noch erreichte. Sie ließ sich deshalb mit dem Taxi direkt zum Flughafen bringen, um den Flug nach Rio auf gar keinen Fall zu verpassen. Sie saß auf einem der Hintersitze des Wagens und sah in der dunklen Nacht, in die nun alles eingetaucht war, nur Autoscheinwerfer an sich vorbeiflitzen. Die Autobahn war leer, das Taxi kam zügig voran. Die Straßen waren zu dieser Zeit an

Werktagen wenig befahren. Der Taxifahrer hatte verstanden, dass sie es eilig hatte, und fuhr den Wagen mit hoher Geschwindigkeit.

Öfter klingelte während der Fahrt ihr Handy; doch sie nahm nicht ab. Sie vermutete, dass es der Dienst war, der Igor nicht erreichte und deshalb sie fragen wollte, ob sie wüsste, wo er sei. Deshalb gab sie ein kurzes Signal, dass sie in einer knappen Stunde zurückrufen würde, jetzt aber keine Möglichkeit für ein Telefonat für sich sah. Sie griff nach dem Plastikbeutel, in der sich ihre Pistole, Munition und das ausgewechselte Schloss befanden. Munition und Pistole ließ sie in der Plastiktüte und packte sie unter den Vordersitz; dort war die Tüte nicht zu sehen. Das ausgewechselte Schloss nahm sie mit, um es mit Schlüssel auf dem Flughafen in einen Abfalleimer zu werfen. Eine gute Stunde vor Abflug traf sie am Flughafen ein. In der Business Class eingecheckt mit neuer Identität war sie bereits. Rasch gab sie den Koffer ab und passierte ohne Probleme den Security-Check. Das Schloss und den Wohnungsschlüssel hatte sie auf dem Weg dorthin in den Müll geworfen. In der Nähe des Gates wurde sie wieder von ihrem Dienst kontaktiert; jetzt nahm sie ab. Ihre Vermutung traf zu, nach dem Verbleib von Igor gefragt zu werden.

»Ja, wir haben uns heute zu einem langen Mittagslunch getroffen und uns ausführlich über die Planungen für Europa ausgetauscht«, teilte sie mit, »bis spät in den Nachmittag saßen wir zusammen; ich habe mir den ganzen Tag für ihn freigenommen. Was er vorhatte, als wir auseinandergingen, weiß ich nicht. Mir hat er nichts gesagt. Über sein Handy habt ihr ihn nicht erreicht? Das ist sonderbar. Merkwürdig ist allerdings auch, dass mir das Auto gestohlen wurde.«

Als sie gefragt wurde, wo sie jetzt sei, antwortete sie:

»Ich bin noch unterwegs in der Stadt – mit dem Bus; denn mein Auto ist weg. Ich möchte eine Bekannte treffen, die mir vielleicht auf meinen Job in der Firma folgt. Denn aufgrund der Planung, eine Niederlassung des Dienstes in der Region hier zu gründen und mich zur Leiterin der geplanten Consultingfirma zu machen, von der aus Aktionen des Dienstes ausgehen sollen, darf ich keine Zeit verlieren und muss mich rasch um eine Nachfolge kümmern. Dann möchte ich zwei Wochen Urlaub machen. Denn die vergangenen Wochen waren sehr anstrengend für mich.«

Viel Erfolg mit ihrer Nachfolge und ein schöner Urlaub wurde ihr gewünscht – dann war das Gespräch beendet. Saskia hatte sich für das Telefonat in einen Bereich gestellt, in dem die Ansagen der Flüge nicht zu vernehmen waren. Nun hatte sie noch zehn Minuten bis zum Boarding. Am Gate des Fluges nach Rio hatte sich schon eine Schlange gebildet. Sie schickte noch eine Mail an das Sekretariat des Vorstandschefs, mit der sie mitteilte, dass sie vierzehn Tage im Urlaub sei. Sie habe geglaubt, den Urlaub beantragt zu haben. Doch das sei wohl doch nicht geschehen, da sie sich mit dem Vorstandschef mündlich dazu verständigt habe. Sie hole den offiziellen Antrag auf Urlaub nach, wenn sie wieder zurückgekehrt sei, und bat um Nachsicht für diese Nachlässigkeit, die durch heftigen Stress in den vergangenen Wochen bedingt sei. Saskia ging davon aus, dass dies in Ordnung ging, da der Vorstandschef ihr äußerst gewogen war. Bevor sie in die Business-Class eintrat, nahm sie den Chip aus ihrem Handy und ersetzte ihn durch eine Prepaid-Card. Den Chip des Geheimdienstes hob sie auf und steckte ihn zu den Prepaid-Karten, die sie auf Vorrat hatte; in derselben Weise verfuhr sie mit dem Handy der Firma.

Danach betrat sie das Gate der Business-Class, passierte die Kontrolle und nahm erschöpft in dem Flieger Platz, der sie nach Rio brachte. Für zwei Wochen war sie von der Bildfläche des

Dienstes und der Firma verschwunden. Doch als sie in Rio de Janeiro gelandet und in ihrem Hotel eingecheckt war, kontaktierte sie nochmals den Dienst; dabei machte sie von Call-ID-Spoofing Gebrauch, um ihre Telefonnummer und den Standort zu verschleiern, an dem sie sich im Urlaub befand.

»Habt ihr etwas über Igor herausbekommen?«, fragte sie den Leiter der Europa-Abteilung, »sind wir aufgeflogen? Ich habe ein äußerst ungutes Gefühl.«

»Wir haben noch nichts zu Igor«, teilte er mit, »gestern hast du uns berichtet, dass man dir das Auto gestohlen hat. Wir haben erfahren, dass gestern Abend ein Auto in die Luft gejagt wurde. Ob das deines ist? Für konkrete Aussagen oder Prognosen ist es zu früh.«

»Sind noch Kollegen von uns in der Stadt, um Igor und meinem gestohlenen Wagen nachzugehen?«

»Nein, bisher nicht«, gab der Leiter der Europa-Abteilung zur Antwort, »wir schicken drei Kollegen, die mit der Stadt gut vertraut sind, so schnell wie möglich dorthin«

»Wie kann ich mit denen Kontakt aufnehmen?«, fragte sie, »kannst du mir ihre Telefonnummern und die Adresse der Wohnung senden, in der sie voraussichtlich sind?«

»Kein Problem – schicke ich dir.«

»Danke«, rief Saskia in den Hörer und freute sich, als seine Mail in ihrem Posteingang war.

Jetzt hatte sie weitere Informationen für ihre Rache. Ihr war klar, dass sich das Blatt auch zu ihrem Nachteil wenden, schlimmstenfalls ihr sogar zum Verhängnis werden konnte – das war das Risiko, das sie einzugehen bereit war.

EMPÖRUNG

Die Familie Semmering war brutal ausgelöscht worden. Der Überfall auf das Sommerfest vor ein paar Jahren, die Ermordung von Florence und Marcel Semmering und seiner Tochter Clara, die Entführung Saskias und der Sprengstoffanschlag, infolgedessen Carla, der zweiten Tochter Marcels, ein Bein amputiert werden musste, diese fürchterlichen Ereignisse, dieser Terror, führte zu ausgeprägter Beunruhigung in der Stadt wie in der Region. Nun kam es erneut zu Beunruhigung – zunächst in der Firma. Ein Mitglied des Firmenvorstands war zur Überraschung vieler für einen zweiwöchigen Urlaub an einen unbekannten Ort gefahren, hatte sich aber vom Dienst erst am Abend vor Urlaubsbeginn mit einer Mail abgemeldet. Ging es da tatsächlich um Urlaub oder war die Abwesenheit anders begründet? Solche Fragen machten die Runde. Es war noch mehr vorgefallen: Dieses Vorstandsmitglied, eine Frau, hatte am Tag vor ihrer Abreise in den Urlaub Besuch aus dem Ausland, angeblich ein alter Bekannter, der am folgenden Tag den Chef des Firmenvorstands aufsuchen wollte. Doch dieser Mann war verschwunden. Nach Rücksprache mit dem Hotel, als er nicht zum vereinbarten Termin erschien, war er seit dem Tag zuvor nicht mehr dort gewesen, sein Zimmer sei gänzlich unbenutzt. Schließlich gab es am Abend des Vortages eine Explosion auf einem Parkplatz am Stadtrand; dort war ein Auto komplett zerstört worden. Ob jemand im Wagen saß und der Explosion zum Opfer fiel, war nicht klar. Da die Presse beide Vorfälle lautstark thematisierte, stieg nicht nur der Grad der Beunruhigung, es wurde verstärkt auch Kritik an den Ermittlungsbehörden und am Bürgermeister geübt: Sei denn das nun das neue »Normal«, Morde und Entführungen nicht mehr erfolgreich ahnden zu können? Was müsse noch geschehen, dass die Polizei und die Verantwortlichen in der Stadtverwaltung endlich aufwachen würden? Was die Semmerings getroffen habe, könne jeden und jede Familie treffen, wenn die Verfolgung solcher Straftaten nicht funktioniere. Es sei ein Skandal, dass sich nun schon ein paar Jahre nach dem Überfall auf das Sommerfest nicht einmal eine Spur identifizieren lasse und weitere Verbrechen verübt worden seien.

Der Bürgermeister sah sich – nicht zum ersten Mal – zu einer öffentlichen Erklärung veranlasst und teilte mit, dass die Behörden alles darangesetzt hätten, die Semmeringmorde aufzuklären, doch dabei bisher erfolglos blieben. Deshalb werde vermutet, dass der Überfall auf das Sommerfest vom Ausland aus vorbereitet und gesteuert worden sei und die Täter mit den Entführten noch in der Nacht die Flucht zurück ins Ausland ergriffen hätten. Ähnlich werde die Ermordung von Florence beurteilt. Anders stelle sich die Sachlage möglicherweise für Marcels Ermordung dar, der zuvor in eine Hochhauswohnung am Stadtrand entführt worden war, und für den Anschlag auf seine Töchter. Hier gebe es Hinweise, dass die Täter ihre Aktionen vor Ort organisiert und durchgeführt hatten, doch fehle von ihnen jede Spur trotz der Beobachtungen, die Marcels Frau der Polizei übermittelt hat. Abschließend bemühte sich der Bürgermeister, den Bürgerinnen und Bürgern ihre Ängste zu nehmen und sie damit zu beruhigen, dass nicht davon auszugehen sei, dass sich so etwas wie der Überfall auf das Sommerfest wiederhole. Die Präsenz der polizeilichen Kräfte sei auf seine Veranlassung deutlich verstärkt worden – das habe bereits erste Früchte gezeigt und werde weiterhin zu mehr Sicherheit führen. Doch ganz vermeiden ließen sich auch schwere Verbrechen trotz der ergriffenen Maßnahmen nicht.

Die Stellungnahme des Bürgermeisters fand wenig Gehör in der Stadt und trug nicht zu mehr Vertrauen der Bürgerinnen und Bürger in Polizei und Behörden bei; das hatte sich der Bürgermeister erhofft. Doch zu viel Zeit war verstrichen, in der allem Anschein nach nichts geschah, um noch an Ermittlungserfolge glauben zu können.

Gut vierzehn Tage später – Saskia war aus dem Urlaub zurückgekehrt und wieder im Dienst – gab es einen weiteren Vorfall. In einer Nacht wurden mehr als zehn Geldautomaten geknackt – meistens mit einem Sprengsatz. Insgesamt wurden auf diesem Raubzug etwa 300.000 Euro erbeutet. Einige Tage später wurden fünf weitere Geldautomaten mit einer Beute von 200.000 Euro aufgebrochen. Das Entsetzen darüber war in der Stadt äußerst groß. Der Schutz schien offenbar nicht zu greifen, den der Bürgermeister mit dem zusätzlichen Einsatz von Polizei versprochen hatte. Zudem ließ die Auswertung des Bildmaterials, das die Videoüberwachung der Automaten bot, keinerlei Aufschlüsse über den Hergang der Taten zu. Die Täter wussten professionell zu agieren, so dass sie keine brauchbaren Hinweise hinterließen, um näher identifiziert zu werden. Die Polizei rief Bürgerinnen und Bürger zur Mitarbeit auf. Angst und Unruhe nahmen aufgrund dieser Überfälle zu; es wurde zu einer Demonstration aufgerufen, die am Wochenende nach der zweiten Raubserie stattfand.

Empörung ist ansteckend, verbindet und lässt sich zudem beliebig steigern – bis hin zu großer Wut und massiver Verzweiflung. So geschah es auch auf der Demonstration, die mit rund zehntausend Teilnehmern die labile Sicherheitslage in der Stadt an den Pranger stellte. Mit ihrer Aufgabe, Bürgerinnen und Bürger zu schützen, sei die Polizei offenbar überfordert. Komplexe Bürokratie,

die stets an erster Stelle stehe, gebe große Gleichgültigkeit der
Behörden gegenüber den Nöten der Einwohner und kein Inte-
resse an zügiger Aufklärung von Verbrechen zu erkennen. Der
Bürgermeister finde zwar schöne Worte, um die Bewohner
der Stadt zu beschwichtigen, verharmlose dabei allerdings die
Herausforderungen und Gefahren, denen die Stadt inzwischen
ausgesetzt sei. Würde sich diese Entwicklung fortsetzen, sei es mit
der erfolgreichen, wirtschaftlichen Entwicklung hier bald vorbei.
Denn die Entführungen, Ermordungen und Raubüberfälle würden mittlerweile bei den Firmen – vor allem bei der Automobilindustrie – zu der großen Sorge führen, ob die Mitarbeiter unter
solchen Bedingungen noch zu halten seien und neue Mitarbeiter
weiterhin mit Erfolg rekrutiert werden könnten. Bei den für die
Unternehmen unverzichtbaren Experten sei diese Entwicklung
bereits zu bemerken. Massive Forderungen nach Schutz von Haus
und Besitz, Leib und Leben mit der Folge nachhaltigen Wohl-
stands und sicherer Arbeitsplätze wurden lauthals vorgebracht
und bedrohlich artikuliert.

Eine Gruppe, die sich darin auszeichnen wollte, große Herausforderungen und Probleme der Stadt mit gesundem Menschver-
stand und einfach umsetzbaren Konzepten zu lösen, glaubte, mit
dem Einsatz von Bürgerwehren einen geeigneten Vorschlag zur
Beseitigung fehlender Sicherheit zu machen, ohne ansatzweise
dafür über Erfahrungen zu verfügen. Großes Geschrei, sinnlose
Hetze, Hass auf alle, die aus Sicht der Gruppe zu den Versagern
im Politikalltag gehörten, sollten Demonstranten wie Bewohner
von der Notwendigkeit überzeugen, Bürgerwehren zu installie-
ren, die die verlorene Sicherheit »in unserer Stadt« freiwillig
und kompromisslos wiederherzustellen vermochten. Mit solcher
»Begleitmusik« fand der Vorschlag allerhand Zuspruch und großen Beifall, was die Gruppe als Erfolg ihres Vorgehens wertete,

die sich an der Spitze einer Bewegung sah, die allein in der Lage sei, Bürgerinnen und Bürgern die Stadt »zurückzugeben«. Jede Woche sollte zudem gegen die »üble« Sicherheitslage der Stadt demonstriert werden.

Waren einige eifrig darauf bedacht, mit Hilfe von Bürgerwehren auf bestehende Freiräume strenge Kontrolle auszuüben und Freiheiten eventuell einzuschränken, wussten andere ihre Freiheit nicht nur zu schätzen, sondern auch für sich auszunutzen und davon zu profitieren; dadurch konnte Freiheit auf andere Weise beeinträchtigt werden. Wäre es bei eingeschränkter Bewegungsfreiheit zu den Entführungen, Morden und Raubüberfällen gekommen? Hätten die Täter dieser Verbrechen der Polizei entkommen und abtauchen können, würde die Stadt unter strenger Kontrolle und Überwachung stehen? Wer waren diejenigen, die die Geldautomaten ausgeraubt hatten: Solche, die unbedingt Geld brauchten, und dafür alles auf eine Karte setzen? Oder solche, die Geldautomaten überfielen, um auf die prekäre Sicherheitslage hinzuweisen, und über das Raubgut hinaus auch politisch Profit daraus schlugen?

Saskia war längst wieder in die Routine ihres Wirkens zurückgekehrt und hatte sich zugleich neu für ihren Racheakt wie eine Einzelkämpferin ausgestattet: Pistole, Munition, Schalldämpfer und Sprengsätze – das brauchte sie. Die Pistole und der Schalldämpfer konnten in Einzelteile zerlegt werden, so dass sie sich diese Waffe in Brasilien besorgte und für ihre Rückkehr im Koffer versteckte. Die für eine Pistole recht großkalibrige Waffe war sehr treffsicher und von enormer Durchschlagkraft, die zu schweren Verletzungen oder zu sofortigem Tod führte. Spezialmunition erhielt sie über Kontakte aus dem Dark Net; die Sprengsätze machte sie selbst nach Beschreibungen, die sie ebenfalls aus dem

Dark Net zog, um die Sprengkraft besser skalieren zu können. Spaziergänge, Wanderungen und Jogginglaufe unternahm sie stets mit schusssicherer Weste. In ihrer Handtasche hatte sie ein ausklappbares Messer, um sich schützen oder wehren zu können, sollte waffenlose Selbstverteidigung wie Jiu Jitsu oder Karate nicht genügen. Zum Geheimdienst hatte sie weiter Kontakt und erfuhr so von der Gruppe ihrer Kollegen, die, während sie noch im Urlaub war, in der Stadt eingetroffen waren, um Igors Verbleib zu erkunden. Von sich aus nahm sie keinen Kontakt mit der Gruppe auf und vermied es, ihr zu begegnen. Doch einem Treffen, das die Kollegen ihr vorschlugen, konnte sie sich nicht verweigern.

Zehn Tage nach der Rückkehr aus ihrem Urlaub fand sie sich im Trainingsanzug mit Rucksack und Sonnenbrille, ihre Haare unter einem Basecap versteckt, in der Hochhauswohnung ihrer Kollegen ein – deutlich entfernt von dem Hochhaus, in dem sie ihre Bleibe hatte. Als sie den Eingangsbereich des Hochhauses betrat, in den Aufzug einstieg und durch den Flur zur Wohnung der Gruppe lief, stieg Saskia ein Geruch in die Nase, der sie daran erinnerte, dass sie schon einmal in diesem Gebäude gewesen war. Dieser Eindruck verstärkte sich, als sie in die Wohnung der Gruppe eintrat: Hier war sie nach ihrer Entführung gefangen gehalten worden, hier erlebte sie die Morde an den Ehefrauen der beiden Firmenvorstände, und Marcel, ihr Bruder, war in dieser Wohnung gefoltert und umgebracht worden, da er sich nicht auf den Deal der Geldwäsche einließ. Waren die Kollegen, die jetzt in der Wohnung waren, dieselben, die sie entführt hatten? Nein, das war nicht der Fall. Ihre Entführung hatten die »vermummten Gerechten« verbrochen. Doch Marcel und seine Töchter hatte die Gruppe der Kollegen auf dem Gewissen, die sie jetzt als Bewohner der Zweizimmerwohnung freundlich begrüßten. Dass es diese Gruppe war, die die Verantwortung dafür trug, war ihr bisher nicht ganz klar, hatte sie nun vor ihrem Besuch aber sicher ermittelt.

»Was kann ich für euch tun?«, fragte Saskia, »habt ihr Neuigkeiten?«

Sie sah sich um und musterte die drei Männer.

»Schön dich zu sehen«, antwortete derjenige der drei, der auch mit Marcel gesprochen hatte, »Geht es dir gut? Weiterhin suchen wir Igor, von dem uns noch immer jede Spur fehlt.«

»Keine Ahnung!«, erwiderte sie, »ich weiß nichts. Woher auch?«

»Du hattest mit Igor Kontakt an dem Tag, an dem er verschwunden ist. Was habt ihr zusammen gemacht?«

»Wir hatten ein längeres Mittagessen. Igor hat mir die Strategie unseres Dienstes für Europa erklärt. Da kommt auf den Standort hier allerhand zu – auch für mich. Meine Tätigkeit wird sich ändern«, erläuterte sie, »Igor und ich hatten viel zu besprechen bis etwa vier Uhr. Dann war ich müde – wir gingen auseinander. Was er dann vorhatte, hat er mir nicht mitgeteilt.«

»Du hattest dann keinen Kontakt mehr mit ihm?«

»Wie denn? Ich war im Urlaub.«

Alle schwiegen etwas verlegen.

»Braucht ihr mich noch?«, wollte sie wissen.

Kopfschütteln. Die Stimmung war angespannt

»Dann kann ich ja gehen«, verabschiedete sie sich, »wir sehen uns wieder.«

Rückwärts – den Kollegen zugewandt – ging sie aus der Wohnung und verließ eilig das Hochhaus.

Die ersten Bürgerwehren, die von der Gruppe angekündigt wurden, die jede Menge Kompetenz und Verantwortung, Recht und

Ordnung sicherzustellen, für sich in Anspruch nahm, waren einberufen und zu Streifendiensten beordert worden. Eine Rückkopplung mit den Behörden gab es dazu nicht. Dieser »Alleingang« führte zu Konflikten mit der Polizei, die der Gruppe zu Recht die nicht legitime Wahrnehmung staatlicher Hoheitsaufgaben zum Vorwurf machte; denn dies sei allein den staatlichen Behörden zum Schutz der Bürgerinnen und Bürger vorbehalten und keinen »Privatinitiativen«. Als die Polizei versuchte, die Bürgerwehren aufzulösen, kam es zu viel Geschrei und heftigen Rangeleien. Zu der ihnen zugedachten Aufgabe kamen diejenigen, die zu Patrouillen bereit waren, nicht. Doch das war denjenigen, die die Bürgerwehren berufen hatten, klar. Ihnen ging es mehr darum, den absehbaren Konflikt mit der Polizei zu schüren und dies für weitere Kampagnen politisch auszunutzen, als Stadtbewohner zu schützen, zumal sie dafür über konkrete Voraussetzungen gar nicht verfügten. Zudem gab es zum Schutz von Einwohnern sicher noch andere Vorkehrungen als Patrouillen. Mit Unterstützung der Lokalpresse erhob diese Gruppe schwere Vorwürfe gegen die Polizei, die nicht in der Lage sei, die Stadtbewohner genügend zu schützen, andererseits aber keine Mühe scheue, dem Engagement aufrechter Bürger entgegenzuwirken. In der Presse hieß es:

Leichtfertig sagen Polizisten tapfere Bürgerhilfe ab

Was ist los mit der Polizei? Vor Mord, Entführung, Drogenhandel, Überfällen und Raub kann sie unsere Stadt nicht schützen. Hilflos sieht sie zu, wie die Verbrechen professioneller Krimineller stattfinden, die aufzuklären sie nicht in der Lage ist. Das ist schon ein Skandal! Mutige Bürger haben sich nun bereit erklärt, unsere Ordnungskräfte zu unterstützen. Eine Gruppe, die in Eigeninitiative Verantwortung für den Schutz der Stadt und ihrer Einwohner übernimmt, berief Bürgerwehren für Kontrollen und Patrouillen, die die Sicherheit in der Stadt ohne Zweifel erhöhen. Doch was macht unsere Polizei? Statt diese Unterstützung dankbar anzunehmen und zu kooperieren, untersagt sie den Einsatz dieser tapferen Bürger und stellt sich ihrer Initiative entgegen. Grund: Hoheitliche Aufgaben wie der Schutz von Leib und Leben der Stadtbewohner sei allein dem offiziellen Auftrag der Polizei vorbehalten.

Gestern Abend kam es zu Auseinandersetzungen, als die Polizei diesen Bürgerwehren verbot, Bürgerinnen und Bürger zu schützen und für Recht und Ordnung zu sorgen – dafür sei sie verantwortlich. Doch es entgeht uns nicht, dass die Polizei mit diesem Auftrag komplett überfordert ist. Es ist nicht zu fassen, dass die Ordnungsbehörden freiwillige Unterstützung engagierter Bürger aus formalen Gründen verbieten. Weder der Polizeipräsident noch der Bürgermeister waren für eine Stellungnahme zu erreichen – unerklärlich aus Sicht vieler Stadtbewohner. Weder die Bürokratie noch das Schweigen derer, die Ordnung und Sicherheit in der Stadt verantworten, tragen zur Lösung der aktuellen Probleme bei, die uns alle bewegen und vor allem beunruhigen. Uns erstaunt, dass Sie nachts noch schlafen können, Herr Bürgermeister!

Beruhten die Bemühungen dieser Gruppe allein auf unangebrachter Aufgeregtheit und falschen Beurteilungen? Waren hohe Risiken oder große Gefährdungen nicht erkennbar? Saskias Aktivitäten und die des Dienstes, die sich ausschließlich im Verborgenen abspielten, sorgten für Ängste und Unruhe. Doch daraus politisches Kapital zu schlagen, deshalb zu unangebrachter Dramatisierung der politischen Lage beizutragen und gegen Regeln zu verstoßen, dafür bestand keine Veranlassung.

»Ich möchte dir etwas zeigen«, teilte Saskia dem Sprecher der Gruppe ihrer Kollegen eines Abends per Telefon mit, »hast du morgen Nachmittag Zeit?«

Das war an einem Dienstag etwa vier Wochen, nachdem sie sich in der Hochhauswohnung getroffen hatten.

»Kein Problem«, antwortete er, »wo treffen wir uns und zu welcher Zeit?«

»Du weißt, wo die Firma ist«, sagte sie, »gegenüber der Straße, die von der Hauptstraße abzweigt und zum Parkplatz der Grünanlage führt – da halte ich mit dem Auto um 14:00 Uhr. Du hast keine Begleitung und keinen Kontakt via Funk«, ergänzte sie nachdrücklich.

»Verstanden!«, gab er zur Antwort, »bis morgen um zwei Uhr nachmittags.«

Saskia hatte sich wieder ein Auto gekauft – kein neues, sondern einen gebrauchten *A-Klasse-Mercedes*, der etwa fünf Jahre alt war. Das Auto stattete sie mit einem Sprengsatz aus, der ausgelöst wurde, wenn jemand eine der Wagentüren gewaltsam aufbrechen wollte. Im Handschuhfach installierte sie eine Schießanlage, die auf Knopfdruck wirksam wurde, falls jemand sie im Wagen bedrohte. Zudem war von ihr die Zentralverriegelung so präpariert, dass nur sie die Türen öffnen und schließen konnte.

Mit hoher Geschwindigkeit fuhr sie am Tag nach dem Telefonat gegen 14:00 Uhr auf den Treffpunkt zu. Mit Lichthupe gab sie dem Sprecher der Gruppe kurz zu erkennen, dass sie es war, die in dem *A-Klasse-Mercedes* saß und hielt an der verabredeten Stelle an, damit er einsteigen konnte.

»Schön, dich zu sehen«, begrüßte sie ihn, »hast du dein Handy abgeschaltet?«

Er zeigte ihr, dass es abgeschaltet war und warf es auf den Hintersitz.

»Bitte auch das zweite Handy«, forderte sie.

Er warf auch sein zweites Handy auf den Hintersitz und versicherte, keinen Peilsender am Körper zu haben; er bewies das, indem Jackett und Oberhemd ablegte.

»Danke!«, gab sie zurück, »wir fahren jetzt zu der Villa, in der ich lebte, bevor ich zu euch kam. Das Gebäude befindet sich hier in der Nähe am Stadtrand.«

»Ist das weit von hier?«

»Eine halbe Stunde bis zu einem Parkplatz; den Rest laufen wir durch den Wald – so bleiben wir unerkannt.«

»Was willst du mir zeigen? Hast du zu Igor neue Informationen?«

»Lass dich überraschen« antwortete sie, »nein, Neues zu Igor habe ich nicht.«

»Ich bin gespannt. Du machst mich neugierig.«

Darauf ging sie nicht ein. Bewusst hatte sie als Ziel ihrer Fahrt Marcels Villa, also die »falsche« Villa, genannt und ihm diese Information gegeben; denn ihr war klar, dass seine beiden Begleiter folgten, um den Verlauf dieser Tour zu beobachten und ihn für alle Fälle zu schützen. Zudem war den Begleitern der Weg zu der Villa bekannt, da sie dort zwei Minen ausgelegt hatten – das wusste sie.

Nicht weit von Marcels Villa entfernt, erreichte sie einen Parkplatz im Wald und hielt dort an.

»Hier sind wir«, sagte Saskia, »um vom Garten aus zur Villa zu kommen, laufen wir durch den Wald.«

»Bist du dir sicher, dass hier die Villa ist, die du mit deiner Familie bewohnt hast«, fragte er sie und fuhr mit seiner Hand unter das Jackett, das er wieder angelegt hatte, als wolle er seine Pistole ziehen.

In diesem Moment drückte Saskia den Knopf, der die Schieß-anlage auslöste. Das Handschuhfach öffnete sich und aus dem Pistolenlauf traf ihn eine Kugel direkt in den Bauch, so dass er auf dem Beifahrersitz zusammenbrach. Mit ihrem Klappmesser, das sie immer dabeihatte, schnitt sie ihm die rechte Halsschlagader auf. Blut spritzte gegen die Front- und Seitenscheibe. Die Handschuhe, die sie angelegt hatte, warf sie auf den Hintersitz. Dann stellte sie den von ihr gelegten Sprengsatz scharf, stieg aus dem Auto aus und lief mit zwei Benzinkanistern, den abgeschraubten Nummernschildern und einer Metallschere rasch in den Wald, wo sie sich – ausreichend entfernt – hinter dichtem Buschwerk verbarg. Die IDs ihres *A-Klasse-Mercedes* hatte sie vor längerem schon entfernt.

Fünf Minuten später hörte sie einen Wagen auf den Parkplatz fahren und konnte die beiden Begleiter des Sprechers erkennen, als sie aus ihrem Auto stiegen. Die beiden sahen sich um und entdeckten Saskias *Mercedes*; sie waren ihr und dem Sprecher nachgefahren, wie sie richtig vermutet hatte. Die beiden Män-ner liefen um das Auto herum und sahen die blutverschmierten Scheiben. Sie rüttelten an den Autotüren; doch die waren ab-geschlossen. Ihren Sprecher konnten sie blutüberströmt und zu-sammengeklappt erkennen. Auf ihr Klopfen an die Seitenscheibe reagierte er nicht. Der eine der beiden lief zu ihrem Wagen zurück und holte ein Stemmeisen aus dem Kofferraum, um die Seitentür aufzubrechen. Als er das Werkzeug kraftvoll in den Spalt zwi-schen Karosserie und Autotür presste, zündete der Sprengsatz mit großer Wucht und riss die beiden Männer und den Wagen in Stücke. Saskia wartete eine Viertelstunde und beobachtete, ob sich noch etwas tat. Offenbar waren die beiden Männer tot. Sie ging zurück zum Parkplatz und schüttete die beiden vollen Benzinkanister über die Reste der Leichen und das Autowrack.

Dann zündete sie an, was die Explosion des Sprengsatzes übriggelassen hatte, warf die Kanister mit weiteren Handschuhen und ihre Oberbekleidung ins Feuer und lief in einem engen Trainingsanzug, den sie unter der Oberbekleidung trug, als Joggerin aus dem Wald. Die Nummernschilder hatte sie, als sie hinter dem Busch saß, mit der Metallschere in kleine Teile zerschnitten und diese im Wald verstreut. Nach einer Dreiviertelstunde traf sie in ihrer Wohnung ein und setzte sich zufrieden in einen Sessel: Ihre Blutrache hatte sie mit Erfolg vollzogen. Spuren hatte sie nicht hinterlassen, gesehen hatte sie niemand. Saskia war unerkannt geblieben und ging am nächsten Tag ihrer Tätigkeit in der Firma wie immer nach.

Der Vorfall auf dem Waldparkplatz blieb vierzehn Tage lang unentdeckt, bis ein Entsorgungsunternehmen beim Abtransport des Autowracks auf ein paar Knochen stieß und die Polizei davon unterrichtete. Bald drang die Mitteilung von verbrannten Leichen und einem komplett zerstörten Auto – wieder am Stadtrand auf einem Waldparkplatz – über verschiedene Medienkanäle in die Stadt. Bürgerinnen und Bürger in der Stadt waren zutiefst erschrocken über die Tat, die auf ein schweres Verbrechen schließen ließ, ohne dass Täterspuren erkennbar waren. Wieder stand die Polizei vor einem Rätsel, das rasch zu lösen sie nicht in der Lage war. Diese Erwartung der Stadtbewohner absehbar zu erfüllen, sah sie sich außerstande – eine schwierige Situation in der erschrockenen und verunsicherten Stadt, die diese mörderische Tat in Empörung versetzte. Bürgermeister und Polizeipräsident wurden aufgefordert, wegen offenbarer Unfähigkeit sofort zurückzutreten. Rufe nach nächtlichen Ausgangssperren und Kontrollen aller »Einwanderer und Fremden« wurden laut. Endlos lange Unterschriftslisten sprachen sich für Bürgerwehren anstelle von Polizeikräften aus. Unruhe, Sorge und Wut machten sich stadtweit breit.

Saskia ließ sich davon weder beeindrucken noch irritieren, obwohl sie großen Anteil daran hatte, dass die Empörung erneut eskalierte. Nach acht Wochen, in denen nichts passiert war, was die Stadt wie vorher aufbringen konnte, hatte sich der Rauch des Vorfalls gelegt. Von ihrem Dienst wurde sie mehrfach gefragt, ob sie etwas von Igor und den drei Kollegen höre. Bei jedem Anruf versprach sie, alles zu unternehmen, um den Verbleib der Kollegen zu klären und zu erkunden, was ihnen passiert sei, so dass sie nicht von sich hören ließen. Doch um Verständnis bitte sie, dass auch sie nur machen könne, was ihr möglich sei – Zaubern gehöre nicht dazu.

Ein Jahr später machte der Vorstandschef ihr einen Heiratsantrag und stellte ihr dabei in Aussicht die Semmeringsche Villa zu renovieren, um dort mit ihr genussvoll zu leben und in Frieden zu wohnen; er wusste nicht, dass sie eine Semmering war. Denn in der Firma führte sie von Anfang an die Identität, die ihr der Geheimdienst gegeben hatte – und dabei blieb es.

Sie sagte ja ohne mit der Wimper zu zucken und fragte ihn: »Weißt du eigentlich, auf was du dich da einlässt?«

»Du bist ein Schatz«, äußerte er beglückt und blind, wie verliebte Männer sind, und sah sich in der Situation zu bekennen, »ich liebe dich.«

Sie umarmten und küssten sich.

Die Firma nahm keinen Schaden. Denn Saskia mochte ihn und war überzeugt, niemals Grund zu haben, ihn als Geheimagentin zu verraten oder gar umzubringen.

EPILOG

Warum dieser Krieg? Beweggründe gibt es viele, wie das Beispiel der Familie Semmering zeigt. Für Saskia, die einzig überlebende Semmering und perfekte Geheimagentin, ist es die Rache, die weitere Kriege ausgelöst hat – auch solche, die mit den Semmerings in keinem unmittelbaren Zusammenhang standen: Die Stadtgesellschaft, die das Vertrauen in ihren Bürgermeister und in die Polizei verlor, die Extremisten, die Bürgerinnen und Bürger aufhetzten und verunsicherten, Trittbrettfahrer, die Ängste, Defizite und Unruhe für sich ausnutzten – es gab vermutlich noch mehr. Können Menschen tatsächlich nicht anders handeln, wenn es um konfliktreiche, schwere Herausforderungen geht? Ist Krieg der Vater von allem, wie es die antiken Griechen zu wissen glaubten? Doch bei jedem Krieg bleibt immer die eine Frage: *Warum?*